KB188228

세월

세월

방현석 소설

아시아

사람다운 사람들

그녀는 그 배를 탔던 유일한 외국인이었다.

아니다.

귀화를 했으니 그녀도 한국인이다.

승선자 명단, 실종자 명단, 그리고 사망자 명단에서 그녀는 한국 이름으로 기록되었다.

"선배님, 제가 도울 일이 없을까요?"

믿고 아끼는 후배가 그렇게 물었을 때 나는 그 배에 베트남 사람이 타고 있는지 몰랐다. 그런 생각조차 하지 못했다.

뭐가, 뭘? 이라고 되묻는 나를 바라보는 후배의 눈빛에는 실망한 기색이 역력했다.

"베트남은 선배님만 이해해야 되는 나라였어요?"

나는 그렇게 그녀의 존재를 알았고, 그녀의 가족들을 만났다.

서른네 살에 처음 발급받은 내 여권에 붙인 첫 비자가 '베트남'이었다.

누구에게나 '처음'은 각별한 것이어서 그랬는지 나는 동료들과 함께 '베트남을 이해하려는 젊은 작가들의 모임'을 만들었고, 베트남의 많은 곳을 여행했고, 베트남에서 여러 친구들을 얻었다.

바다에 잠긴 딸과 사위, 외손자를 찾으러 온 그녀의 아버지는 키가 작았다.

나와 친구들이 해줄 수 있는 일이 많지 않았다.

까마우에 있는 그녀의 고향집을 찾아갔던 날에는 비가 많이 내렸다.

그녀의 영정이 놓인 마루의 벽에는 '용사증서'가 붙어 있었다. 나는 숨이 컥 막혔다. 그녀의 할아버지와 아버지가 지나온 무서운 세월을 그녀가 아프게 나누고 있었다.

마루 끝에 묶인 고깃배는 비에 젖은 채 강물에 흔들렸다.

마루에 서서 그녀의 손때가 남아 있는 배를 만져보려고 몸을 기울였다. 비가 온 몸을 적셨다. 눈물을 감출 수 있어 좋았다.

팽목항에서, 안산의 옹색한 외국인 합숙소에서, 까마우

강변의 집에서 내가 확인할 수 있었던 것은 그녀와 그녀의 가족들이 누구보다 사람다운 '사람'이었다는 사실이다.

국적보다 자신의 사랑을 용기 있게 선택했던 그녀,

아이들에게 엄마 나라의 말로 엄마를 부를 수 있게 가르쳤던 그녀의 남편,

자신이 입고 있던 구명조끼를 벗어 다섯 살 동생에게 입혀준 여섯 살 난 아들,

정말 '사람'이었던 그들을 생각하며 쓰는 동안 자주 울어야 했다.

살아 나갈 길을 친구들에게 양보했던 아이들,

아이들과 운명을 같이 한 선생님들,

자신의 자리를 마지막까지 지켰던 말단 객실승무원들,

그리고 슬픔을 모욕하는 자들에게 굴하지 않고 3년의 세월을 견디며 싸운 가족들에게 경의를 바친다.

그들이 있어 대한민국과 우리 안의 진실이 침몰하지 않고 있다고 나는 믿는다.

2017년 4월
방현석

차례

세월

그해 우기는 유난히 일찍 시작되었다.

바다는 비안개에 묻히고 목선은 사흘째 포구에 묶여 있었다. 벽에 걸린 라디오에선 옛 노래가 흘러나왔다. 그물을 손보던 그는 흥얼흥얼 노래를 따라 불렀다. 린이 찻주전자를 내올 때까지만 해도 여느 우기와 다르지 않은 한가한 오후였다. 뜨거운 차를 따르던 린의 입에서 다음 순간 나오게 될 말을 그는 상상하지 못했다.

"한국에 가겠어요."

그는 자신의 귀를 의심하며 딸의 입을 쳐다보았다.

네가 왜?

"전 엄마 아빠처럼 살고 싶지 않아요."

우리가 어때서? 부자는 아니지만 마을에서 다들 부러워하는 집이 우리야.

"로안이 저의 스물한 살과 같게 내버려두지 않을 거예요."

네 동생, 아니 네가 어때서?

린이 한국으로 떠나기 전까지 그는 매일 목선을 끌고 바다로 나갔다. 우기의 바다는 변덕스럽고 거칠었다. 손바닥만한 숙랑이 드문드문 걸려 올라오는 그물은 가벼웠다. 아예 그물 한 번 내리지 않고 돌아오는 날도 있었다. 스콜이 맹렬하게 횡단해가는 바다 위에서 그는 우기가 지나가는 것을 지켜보았다. 호치민에서 치른 린의 약식 결혼식에도 그는 가지 않았다.

"아빠는 그가 한국 사람이란 거 하나뿐이 모르잖아요?"

그 이상 더 알아야 할 것이 있니?

"단 한 번도, 아빠는 그가 어떤 사람인지는 묻지 않는군요."

나이가 많겠지. 신체 어딘가 불편한가? 아니면 정신이? 네가 누구를 남편으로 맞이할지는 너의 권리다. 하지만 그를 내 사위로 받아들이라고 할 권리까지 네게 있는 것은 아니야.

"당신의 마음 알지만, 먼 길을 떠나는 린에게 그렇게까지 할 필요는 없었잖아요."

린을 보내고 돌아온 아내는 종일 전화기만 바라보며 눈물 바람이었다.

"그 아이는 얼마나 떨리고 두려웠겠어요."

두 아들 다음에 얻은 린은 얼마나 예쁘고 총명했던가. 그 아이가 지나가면 마을이 환해졌었다. 이웃의 처녀들이 잇따라 한국으로 떠나는 것을 보면서도 자신의 집에서 그런 일이 일어나리라고는 한 번도 생각해본 적이 없었다.

"린은 아직 스물한 살일 뿐이에요."

스물한 살이 어려? 그 나이면 나라를 구할 나이야. 그의 시선은 벽에 걸린 아버지의 사진으로 향했다. 액자에 든 흑백사진 아래에는 영웅훈장과 용사증서 두 개가 나란히 매달려 있었다. 항불전쟁에 참가했던 아버지의 모습과 함께 자신의 스물한 살이 눈앞에 어른거렸다.

"지금, 우리 애들이 구해야 할 나라가 있는 세월을 살고 있어요? 당신은 스물한 살이 나라를 구할 나이였다고 생각하는 모양인데 사실은 불에도 뛰어들 수 있는 나이였던 것에 불과해요."

그를 끊임없이 괴롭히는 것은 아내의 원망이 아니라 자신의 내부에서 솟구치는 혼란이었다. 그렇게 해서 막아지는 일이 아니었다. 죽음의 문턱에 서 있었던 자신의 스물한 살 위로 린의 스물한 살이 중첩되었다. 아내의 원망과 그의 후회 속에 우기가 가고 건기가 왔다. 남은 가족들 모두의 혼란 속에 건기가 가고 다시 우기가 왔다.

그가 린의 남편을 직접 본 것은 두 번의 우기가 더 지나서였다. 린 부부는 첫아이를 안고 왔다. 그는 린을 보고도 반가운 마음을 애써 감추었다. 린의 남편에게는 눈길을 주지 않았다. 냉랭하던 그의 표정을 풀게 만든 것은 그들의 아이였다.

"메."

젖을 찾는 아이가 제 어미를 그렇게 불렀을 때 식구들은 탄성을 질렀다. 그러나 '메' 그 한마디가 가진 다른 의미를 쩌우는 작은딸이 짚어줄 때까지 미처 알지 못했다.

"아기가 베트남어로 엄마를 불러."

메, 그 한마디는 삼십육만오천 번의 호명 끝에 태어나는 말이었다. 그의 어머니는 항불전사로 죽은 남편을 묻으며 그에게 말했었다. 사람들의 입에서 처음 나오는 말이 왜 엄마 아빠인 줄 아니? 하루에 천 번씩 자신을 불러준 사람이 그들이기 때문이야. 사람은 누구나 삼십육만오천 번 자신을 불러주어야만 엄마 아빠를 입에 담지만 죽을 때까지 엄마 아빠를 삼십육만오천 번 부를 수 있는 행운을 누리는 사람은 참으로 드물단다. 너에겐 오늘이 마지막이니 실컷 아빠를 부르렴.

"메."

어미를 찾으며 칭얼대는 아이를 어르는 사내를 쩌우는 물끄러미 바라보았다. 메, 그는 아이에게 엄마 나라의 말로 엄마라고 불러주었다.

그는 아이를 이모인 로안에게 안겨주며 '지'라고 했고, 쩌우의 품에 안겨주며 '응와이'라고 일러주었다. 지난 세 해 동안 린이 전화로 잘 지낸다는 소식을 전해왔지만 덜어지지 않던 걱정을 이제는 내려놓아도 될 것 같았다.

"꼰제."

사위. 린이 남편에게 쩌우의 말을 옮겼고, 그는 빙긋 웃었다. 그는 그렇게 쩌우의 사위가 되었다. 좀 많은 나이를 제외하면 흠잡을 곳 없는 사람이었다. 장인을 따라 목선을 타고 나가 그물을 함께 당겼다. 포구에선 뱃사람들처럼 서슴없이 바닷물에 뛰어들었다. 그의 수영 솜씨는 뱃

사람들의 눈마저 휘둥그렇게 만들었다. 집에 돌아온 그는 저녁을 먹으며 바다에서 군대생활을 했다고 대수롭지 않게 말했다. 쩌우는 순간 뒷목이 뻐근했다. 그가 해군이었는지, 해병대였는지 물었지만 대답을 듣지 못했다. 해군과 해병대를 구별하지 못하는 린이 전달을 할 수 없었기 때문이었다. 그는 자신의 사위가 전쟁 시기에 그토록 악명 높았던 남조선 해병대가 아니라 해군이었기를 바랐다.

"아버님도 군대생활을 하셨지요. 전쟁에서 공로를 많이 세운 모양입니다."

사위는 벽에 걸린 훈장과 증서에 눈길을 주었다.

"글쎄, 군대라면 군대지. 훈장은 내 것이 아니고, 그 옆에 있는 용사증서 중에 하나가 내 것이지."

"그럼 나머지는요?"

사위는 의아한 눈길로 물었다.

"영웅훈장은 아버지의 것이고, 용사증서 한 장은 이 사람의 것이지."

쩌우는 옆에 앉은 아내 쪽으로 고개를 돌렸다. 아내는 그의 무릎을 치며 눈을 흘겼다.

"다 지나간 얘기는 왜 꺼내는 거예요."

아내는 군대와 전쟁 얘기가 계속되지 않도록 말머리를

아이에게 돌렸다.

　네 번의 우기가 더 지나갔다. 그해처럼 올해도 유난히 일찍 우기가 찾아왔다. 린의 방문에 맞추어 마치려던 집 수리가 늦어졌다. 그렇지 않아도 자재가 제때 도착하지 않아 지연되던 공사는 더 엉망이 되었다. 벌써 열흘 전에 호치민에서 오기로 되어 있는 지붕 자재는 아직도 도착하지 않고 있었다. 지붕을 씌우지 못한 상태에서 우기가 닥치면서 공정은 뒤죽박죽이 되었다.

　그래도 오늘은 아침부터 해가 아주 쨍쨍해서 일을 할 수 있을 줄 알았는데 점심때가 되기도 전에 후드득 빗방울이 떨어졌고, 곧 맹렬한 스콜이 들이닥쳤다. 진흙탕이 된 마당 위로 쏟아지는 빗줄기를 바라보던 찌우는 고개를 저었다.

　"괜한 억지를 부려서 일이 이렇게 되었잖아."

　찌우는 아내를 탓했다. 까마우에 흔한 골이 좁은 양철지붕 대신 골이 넓은 철재지붕을 고집한 것은 아내였다. 호치민으로 주문해야 하는 그 자재는 값도 까마우에서 쓰는 것들보다 비쌌다.

　"일이 이렇게 될 줄 몰랐지요."

아내는 새것으로 바꾸는 지붕과 TV만큼은 반드시 한국의 것으로 해야 한다고 고집했다. 딸과 사위가 한국에서 보내준 돈으로 고치는 집이니만큼 그 집을 씌우는 지붕은 한국형이어야 한다는 그녀의 말이 아주 틀린 것은 아니었다. 딸을 한국으로 보낸 어미가 한국산 TV로 매일 한국 드라마 한 편씩을 보겠다는 소망도 터무니없지는 않았다.

"그렇게 한국형 지붕 타령을 하더니 애들을 지붕 뚫린 집에서 재우게 생겼네."

결국 호치민에 나가 사는 로안에게 언니 가족의 방문일정을 미루게 했다. 외손자, 외손녀를 지붕이 없는 집에서 재울 수는 없었다. 사진으로만 본 손녀 시현은 처음 오는 외가였다. 로안은 인터넷으로 언니와 서로 얼굴을 보며 이야기를 나눈다고 했다. 그것도 무료라니 정말 좋은 세월이었다.

지붕 자재는 일주일이 더 지나서야 도착했다. 원래 일정대로라면 린의 네 식구가 도착하게 되어 있는 날 저녁에야 겨우 지붕 덮는 일이 끝났다. 씌워놓고 보니 자재가 좋긴 했다. 산뜻한 자색 지붕은 따로 칠을 할 필요도 없었다. 이튿날 아침, 햇살을 받아 반짝반짝 빛이 나는 지붕을 구경하러 동네 사람들이 몰려왔다.

"똑똑한 아인 어디 가도 달라."

"그 먼 한국에 있으면서 여기 있는 집을 완전히 새집으로 만들었네."

"린의 십분의 일만 되는 딸 하나만 있어도 소원이 없겠어."

쩌우의 귀에 이웃들의 덕담이 덕담으로만 들리지 않았다. 린은 그들 부부의 용돈과 동생의 학비를 다달이 보내왔다. 린 부부가 다녀가기 전까지 쩌우는 린이 돈을 보내오는 통장을 거들떠보지도 않았다. 물론 이제는 까마우 시내로 나가는 길에 그가 대수롭지 않게 통장을 찍어오기도 했다. 하지만 그들 부부는 아이들의 학비를 제외하고는 한푼도 그 돈에 손을 대지 않았다. 다달이 한 칸씩 채워져가는 통장을 받아들며 남몰래 안도의 한숨을 내쉬어온 그였다. 통장이 그에게 확인시켜주는 것은 돈의 액수가 아니라 탈없이 잘 지내고 있다는 사실이었다. 한국으로 시집간 처녀들에게 문제가 생겼음을 가장 먼저 알려주는 신호가 통장이었다. 이웃과 인근 마을에서 시집간 처녀들도 많건 적건 처음 한동안은 다들 다달이 얼마간의 돈을 보내왔다. 그러다 이빨 빠지듯 불규칙해지고 어느 순간 통장에 찍히는 것이 없어지는 경우가 보통이었다.

린처럼 여덟 해가 지나도록 변함없이 통장을 채워내려가는 경우는 아주 드물었다. 이웃들은 린을 칭찬하고 쩌우의 집을 부러워했다. 하지만 부러움의 한편에 도사린 질시를 그도 모르지 않았다. 린이 한국 국적을 신청하게 되었을 때도 그랬다.

육 년 전, 생일 아침에 린의 전화를 받은 아내는 입꼬리가 귀에 가 닿았다. 아내는 전화기를 든 채 입고 있는 옷매무새를 이리저리 거울에 비춰보았다. 사위가 선물로 보내온 촉감이 까슬한 긴소매 윗도리였다.

"말도 못하게 좋지, 좋아."

그동안은 벗고 살았나. 뜨악하게 쳐다보는 그에게 아내는 입을 삐쭉 내밀며 전화기를 건넸다.

"아빠, 저 이번 달에 한국에 귀화 신청해요."

네가, 내 딸이 이제 아주 한국 사람이 된다고? 그렇게까지 꼭 해야 하는 거니.

"그래야 제가 여기서 한국 사람과 똑같은 대우와 보장을 받을 수 있어요."

지금까지는 그렇지 않았다는 거냐.

"당신은 도대체 어느 세월을 사는 사람이에요? 다른 집 부모들은 딸이 한국 국적 얻기를 얼마나 학수고대하는지 알아요? 시집가서 이 년 만에 바로 국적 얻는 아이는 동네에서 린뿐이에요."

지금 그걸 자랑이라고 하는 거야. 하긴 그것도 요새는 큰 자랑이다.

"린이니까, 우리 사위가 잘났으니까 얻는 국적이에요. 못난 사내들은 제 색시 귀화시켜주지 않아요."

아내가 말을 듣지 않을까봐, 집을 나갈까봐, 남편이 귀화 절차를 밟지 못하게 한다는 것쯤은 그도 들었다. 국적을 취득할 수 있는 이 년이 되는 바로 그날 사위는 린의 귀화 신청을 했다.

베트남에서 떼어 보내야 할 서류가 많았다. 가족의 호적증명, 출생증명, 결혼증명, 공안의 범죄사실 관련 증명……

"아빠, 여기서 시현이 아빠가 가져다 내야 할 서류에 비하면 아무것도 아니야. 내 여권 원본과 사본, 베트남 신분증 원본과 사본, 외국인등록증 원본과 사본, 시현 아빠의 기본증명, 혼인관계증명, 가족관계증명, 주민등록등본, 주민등록증 사본, 육 개월 이상 거래한 통장 사본, 삼천만원 이상의 은행잔고 증명, 전월세 계약서, 재직증명, 가족사진 세 장…… 이웃 사람에게 받아야 하는 동거사실 확인서와 그 확인서를 쓴 사람의 주민등록등본······ 그리고 대한민국 수입증지 삼십만 원."

사위는 가족사진과 함께 컬러로 복사한 린의 대한민국 주민등록증을 코팅해서 보내왔다. 오 년, 육 년이 지나도록 한국 국적을 얻지 못한 딸을 둔 이웃들은 매끄럽게 코팅된 대한민국 주민증을 매만져보며 부러워했다. 하지만 쩌우 부부를 바라보는 그들의 눈길에는 부러움만 담겨 있지 않았다.

이틀째 햇빛이 쨍쨍했다. 시멘트 벽도 완전히 말라서 칠을 할 수 있게 되었다. 쩌우는 잘 보이지 않는 옆면과 뒷면은 그대로 두고 전면만 칠을 하기로 했다.

아내는 못내 아쉬운 모양이었지만 벌써 그렇게 슬금슬금 늘어난 공사로 돈이 얼마나 더 들어갔는지 모른다. 지붕을 갈고 균열이 간 벽에 시멘트를 한 겹 덧바르기로 하고 시작한 공사였는데 하다보니 거의 건드리지 않은 게 없었다. 배보다 배꼽이 더 커질 지경이었다. 공사를 맡은 업자는 수리란 게 원래 여기 손대다보면 저기도 손보지 않을 수 없게 되는 데다 워낙 집이 낡아서 어쩔 수 없다고 했다. 아내가 우겨서 시작한 공사이긴 했지만 그가 아내를 못 이겨서 동의한 것은 아니었다. 천장으로 비가 새고, 우기에는 갈라진 벽으로 물이 타고 들어와 불편하기야 했지만 지금까지 그럭저럭 살아온 집이었다. 그가 집 수리에 동의한 것은 작은딸 로안의 한마디 때문이었다. 깔끔한 도시에서 태어난 시우와 시현이가 이 집에 와보면 다시는 외갓집에 오지 않으려고 할 거예요. 그걸 원해요? 그럼 이대로 살아요.

"이왕 하는 건데 다 칠해요."

시우 시현이가 쓸 수 없다고 해서 집 안에 화장실을 만들고 좌변기도 놓았다. 방에 도마뱀이 들어오면 안 된다고 방충망도 달았다. 전등도 침침하다고 해서 바꿨다. 한국에선 길바닥도 시멘트만 바르고 말지 않는다고 해서 거실 바닥에 타일을 붙였다. 여기서 더는 안 돼. 그는 집의 기능과 관계없는 일은 더 이상 하지 않겠다고 아내에게 못을 박았다.

"전면도 그대로 두지그래요. 기능에 무슨 문제가 있나요."

아내는 소녀처럼 뾰로통해져서 입술을 내밀었다. 아내의 말대로 페인트를 칠하지 않는다고 해도 집의 기능에는 아무런 문제가 없는 게 맞았다. 그래도 그는 전면만큼은

하얗게 칠하고 싶었다. 집수리에서 쩌우가 부린 유일한 사치였다.

"안 쩌우."

앞 벽을 바르던 일꾼이 그를 불렀다.

"이렇게 새하얗게 벽을 칠하면 때가 너무 잘 타요. 아무래도 검은색을 조금 섞어야 되겠어요. 그럼 회색빛이 약간 돌 거예요."

쩌우는 고개를 저었다. 더 희어도 돼.

젊은 일꾼은 고개를 갸웃거리며 페인트 붓을 다시 잡았다. 요즘 젊은이들이 하얀색의 의미를 모르는 건 당연했다. 로안은 몰라도 린은 하얀색에 깃든, 돌아오기를 기다리는 간절한 열망을 알 것이다. 린은 자식들 중에 그의 무릎에서 옛이야기를 가장 많이 듣고 자란 아이였다. 미쩌우 공주 이야기를 들으며 눈물을 뚝뚝 흘리던 어린 린의 얼굴을 떠올리는 그의 입가에 미소가 번졌다.

꼬로아에 세운 베트남의 옛 왕국은 황금거북이의 도움으로 성을 쌓고 침략자들을 모두 물리쳤어. 나라가 평온해지자 황금거북이는 바다로 돌아갔지. 외적의 침략을 걱정하는 왕에게 황금거북이는 자신의 발톱 하나를 주면서 이렇게 말했단다. 이것으로 활을 만들어 적이 쳐들어오면

쏘시오. 왕이 걱정했던 대로 중국 대륙에서 엄청난 군사를 몰고 쳐들어왔어. 말을 탄 군사들이 몰려오는 것처럼 무릎에 앉은 린을 안고 좌우로 마구 흔들면 린은 까악 비명을 질렀다. 하지만 품에서 녀석을 풀어놓으면 언제 그랬냐는 듯이 물었다. 그래서? 그래서 어떻게 되었어? 황금거북이 발톱으로 만든 신비한 활로 적을 모두 물리쳤지. 그다음엔? 그랬다구. 그가 입을 다물고 딴전을 피우면 린은 그의 목에 매달려 떼를 썼다. 아니야, 또 있잖아. 공주 얘기도 해줘야지. 울려구? 아니야 이번엔 안 울 거야.

린이 가장 좋아한 인물은 미쩌우 공주였다. 번번이 베트남 왕국을 빼앗는 데 실패한 중국의 왕은 서로 싸우지 말고 사이좋게 지내자며 자기 아들 쫑투이와 베트남 공주 미쩌우를 결혼시키자고 했지. 베트남의 왕은 적의 제안을 받아들였고, 아름답고 착한 미쩌우 공주는 진심으로 쫑투이를 사랑했어. 그렇지만 쫑투이는 미리 자기 아버지로부터 지시받은 대로 미쩌우 공주를 시켜 신비의 활을 빼내오게 했지. 그런 다음 가짜 활을 돌려주고 고향에 다녀오겠다고 했어. 어떻게 하면 좋아. 린은 안타까운 눈빛으로 그를 올려다보며 다음 얘기를 기다렸다. 내가 돌아오기 전에 혹시라도 무슨 일이 있으면 함께 덮고 자던 이불에

든 거위 깃털을 뽑아 뿌려요. 그럼 내가 그 깃털을 따라 당신을 찾아가리다. 쫑투이는 그렇게 말하고 베트남을 떠났지. 쫑투이가 떠난 뒤 적들이 쳐들어왔고, 가짜 활은 소용이 없었어. 결국 왕은 미쩌우 공주를 뒤에 태우고 말을 몰아 달아나는 수밖에 없었지. 등 뒤에 매달려 울고 있는 공주에게 왕은 이렇게 말했지. 걱정 마라. 내 너만은 반드시 지킬 것이다. 이 대목에서 그는 방바닥에 엎드려 린을 등에 태우고 같은 말을 한 번 더 반복했다. 걱정 마라, 내 너만은 반드시 지킬 것이다. 린은 까르르 웃으며 외쳤다. 달려. 하지만 미쩌우는 자신이 지나온 길 위로 쉬지 않고 거위 깃털을 뿌렸어. 그것도 모른 채 숨차게 말을 채찍질하던 왕은 절벽의 끝에 다다랐어. 눈앞에는 오직 막막한 바다가 펼쳐져 있을 뿐이었지. 정녕 저와 베트남을 버리시옵니까. 황금거북님은 어디에 계십니까. 울부짖는 왕의 눈앞에 황금거북이가 나타나 말했어. 누구를 원망하시오? 적은 당신의 가장 가까운 등 뒤에 있소이다. 왕은 비로소 뒤를 돌아보았지. 공주가 뿌린 흰 깃털을 따라 적군이 뽀얗게 먼지를 일으키며 쫓아오고 있었어. 분노의 칼을 치켜든 아버지에게 미쩌우 공주는 눈물을 흘리며 이렇게 말했지. 제가 만일 아버님을 해치고 나라를 배반할 마음이 티끌만큼이라도 있었다면 저는 죽어서 티끌이 될 것입니다. 하지만 제 눈이 어두워 다만 거짓에 속은 것이라면 죽어서 진주가 될 것입니다. 미쩌우 공주를 칼로 내려친 왕은 바다에 몸을 던졌어. 목 잘린 공주의 피도 바다로 흘러들어갔는데, 그 피가 조개들의 살 속에 파고들어 진주가 되었단다. 종투이 나빠, 미쩌우 공주 불쌍해. 이미 눈물을 주르르 흘리고 있는 린에게 그는 또 흐우의 시를 들려주는 것으로 이야기를 마쳤다. 심장이 잘못하여 머리 위에 놓으니/나라의 운명이 바다 깊이 가라앉았네.

고기잡이를 나갔다가도 린이 보고 싶어 서둘러 그물을 걷고 돌아오면 녀석은 품에 달려들어 이야기를 조르곤 했다. 그런 꼬맹이였던 린이 어느새 그 나이의 아이들을 둔 어미가 되었다. 집의 새하얀 전면을 발견하게 될 린의 눈빛을 떠올리며 그는 혼자 빙그레 웃었다. 심장이 잘못하여 머리 위에 놓으니 나라의 운명이 바다 깊이 가라앉았네. 새하얀 벽을 보며 또 흐우의 시를 흥얼거리는 그에게 아내가 입을 삐쭉했다.

"흘러간 전쟁 시기의 노래만 부르지 말고, 지금 같은 평화 시기의 노래도 좀 불러보세요."

아름다운 이는 머리가 떨어져나가도 아름답고, 사랑은

거짓에 속아 가슴 사무치게 아프더라도 사랑이라네. 안응옥의 시를 노래하고 난 아내가 약을 올리듯 말했다.

"왜, 별이라도 하나 그려 넣지 그래요?"

정말 그럴까. 아냐. 그는 고개를 저었다.

쑤언 아주머니의 오토바이가 마당에 들어선 건 해질녘이었다. 오토바이 소리가 멈추고 아주머니가 내렸다. 뒤따라 오토바이에서 내리는 투이를 보고 아내는 맨발로 뛰어나갔다.

"우리 투이, 이게 얼마 만이야."

아내는 부둥켜안았던 투이를 풀어놓고, 투이의 아들을 안아들었다.

"수철이 많이 컸구나. 이제 몇 살이지?"

"바이 뚜어이."

"그래, 일곱 살. 우리 시우하고 동갑이지. 베트남말을 정말 잘하는구나."

투이가 역시 다르구나. 피를 속일 수는 없지. 쩌우는 둘째 아이에게 베트남어를 제대로 가르친 투이를 그윽하게 바라보았다. 도안 아저씨의 딸다운 과단성을 가진 투이는 마을에서 가장 먼저 한국 남자와 결혼을 했다. 린에게 한국 남자를 소개한 것도 투이였다. 그 사실을 안 쩌우는 고향에 다니러 온 그녀를 처음으로 꾸짖었다.

"네가 누구와 결혼하든지는 네 자유다만 어쩌자고 린을 너처럼 만들려고 해."

"제 결혼이 잘못됐나요? 아님 린의 결혼이 잘못됐나요?"

둘 다. 네 아빠, 도안 아저씨가 계셨으면 절대 가만두지 않았을 거다. 이웃들이 뭐라고 하는지 생각해봤니. 하지만 투이는 물러서지 않았다. 그냥 물러서지 않은 것도 아니었다.

"아버지의 배를 빼앗고 땅을 다 나누어 가진 그 훌륭한 이웃들요? 내가 그런 집으로 시집갔으면 아빠가 참 기뻐하셨겠네요."

입꼬리를 치켜올리며 차갑게 웃는 투이의 눈망울엔 물기가 그득했다. 삼십 년 만에 처음 입 밖에 내놓은 투이의 말에 쩌우는 한마디도 대꾸할 수 없었다. 그는 눈길을 떨어뜨리고 이번 추수 뒤에 쑤언 아주머니의 집에 자신이 가져다 준 벼의 양을 머릿속으로 가늠해보았다. 지난해보다 줄인 것이 후회스러웠다. 투이는 그에게 목소리를 누그러뜨렸다.

"아저씨보고 한 말은 아녜요. 아저씨에겐 늘 고맙게 생각해요."

끝내 고개를 들지 못하는 그에게 투이는 덧붙였다.

"하지만, 절 가르치려 하진 마세요. 우리 마을에서 그런 자격을 가진 사람은 아무도 없어요."

두 번째 결혼을 하고 수철이를 얻기 전이니까 벌써 오래전인데도 투이가 했던 말이 그의 뇌리에 생생하게 떠올랐다.

"언제 왔니?"

"어제저녁에요. 린네도 같이 오기로 했었는데 섭섭하시죠."

"그러게, 같이 왔으면 얼마나 좋아."

아쉬워하는 아내에게 투이는 린이 보낸 아이들의 사진을 꺼내놓았다. 같은 색깔의 줄무늬 티셔츠를 입은 시우와 시현이가 서로 손을 꼭 잡은 채 계단을 내려오고 있는 사진이었다.

"시우가 얼마나 제 동생을 잘 보살피는지 몰라요. 린만큼 잘사는 애도 없어요. 결혼 잘한 거니까 아저씨 저 원망하시면 안 돼요."

원망은, 무슨. 너도 잘살았으면 얼마나 좋았겠니.

"제가 사람 보는 눈이 좀 있잖아요."

분위기를 가볍게 바꿔보려고 한 투이의 말을 쑤언 아주머니가 참지를 못했다.

　"그래서, 니 처지가 지금처럼 되었냐. 이것아."

　투이가 술만 마시면 살림을 부수고 주먹질을 하는 남편에게 시달리다 끝내 두 번째 이혼을 했다는 사실을 모르는 마을 사람은 아무도 없었다. 아주머니가 입도 뻥긋하지 않았지만 한국으로 시집간 처녀들의 소식은 바로 옆집의 소문보다 더 빨리 마을에 퍼졌다.

　"그만해, 엄마."

　투이는 선물로 가져온 인삼을 꺼내놓았다. 뿌리가 굵고 싱싱한 수삼이었다.

　"어머니 드리지 않고, 우리한테까지 뭘 이런 걸 가져와."

　"어머니 건 집에 많이 있어요. 늘 우리 어머니 돌봐주셔서 고마워요. 아저씨네가 계셔서 제가 마음놓고 살아요."

　투이의 눈가로 어느새 물기가 번졌다.

　"우리가 해드린 게 뭐가 있다고 그러냐. 힘이 되어드리지 못해 미안하지."

　아내의 말을 귓가로 흘리며 그는 쑤언 아주머니의 주름진 얼굴을 바라보았다. 도안 아저씨를 잃고 투이 하나를 바라보며 살아온 이였다. 쩌우는 평생토록 갚지 못할 빚을 진 도안 아저씨를 떠올리며 쑤언 아주머니의 시선을 피했다. 도안 아저씨가 아니었다면 그의 인생은 이미 스물한 살에서 끝이 났을 것이었다.

그가 해방전선에 들어간 건 열일곱 살 때였고, 도안 아저씨의 배를 타기 시작한 건 스무 살 되던 해였다. 남부의 전역은 대공세를 위한 준비가 한창이었다. 그는 도안 아저씨의 배에 배당된 소조원 중 막내였다. 도안 아저씨는 소조원들의 의식주는 물론 은신처까지 제공했다. 미군이 철수하고 전세가 해방전선 쪽으로 기울었지만 무기를 제외한 모든 보급은 여전히 인민들을 통해 자력으로 해결해야 했다. 정부에 대한 신뢰는 바닥에 떨어졌지만 정부군의 전력은 여전히 막강했다. 특히 해군과 공군의 전력은 정부군이 해방전선을 압도했다. 대공세를 준비하던 남부전선으로 가는 무기들의 대부분이 까마우 해상을 거쳐 육지로 반입되었다. 그의 소조가 맡은 임무는 어선으로 가장한 선박을 이용해서 남부 각지에 총기와 탄약을 공급하는 일이었다. 투이의 아버지 도안은 무기 운송을 위해 해방전선에서 징발한 어선의 선주이자 선장이었다. 마을의 부자였던 아저씨는 해방전선의 모든 요구를 묵묵히, 빈틈

없이 이행했다. 소조의 막내이자 이 마을 출신의 전사인 쩌우에게 아저씨는 슬그머니 먹을 것을 가져다주며 애틋함을 표시하곤 했다.

"집 예쁘게 고쳤네요. 린이 오면 좋아하겠어요."

투이가 던진 그 한마디가 쩌우의 뒤통수를 쳤다. 쑤언 아주머니의 집 지붕이라도 먼저 바꿔주었어야 했다. 지난해 우기에 임시방편으로 땜질해둔 아주머니네 지붕이 이번 우기를 버틸지 모를 일이었다.

"엄마, 여기 화장실 있어요."

수철이 화장실에 놓인 좌변기를 보고 활짝 웃으며 뛰어들어갔다. 쑤언 아주머니의 표정이 어두워지는 것을 쩌우만 눈치챈 건 아니었다. 투이가 두 번째 이혼을 하고 서울의 변두리에다 냈던 조그만 분식집마저 문을 닫았단 소문이 들린 지 얼마 지나지 않아 쑤언 아주머니는 가지고 있던 통장을 해지해버렸다. 딸이 보내는 돈을 막기 위해서였다.

"오줌보 터질 뻔했어, 엄마."

화장실에서 나온 수철의 말에 쑤언 아주머니의 표정은 더 어두워졌다. 아직 수리가 덜 끝난 집 안을 살피는 투이의 눈길을 쫓으며 쩌우는 장물을 들킨 사람처럼 부끄러웠다. 어색한 침묵을 깬 건 아이들을 재우려고 고쳐둔 방을 들여다보던 수철이었다.

"이 방 침대는 매트가 깔려 있어."

린과 로안이 함께 쓰던 방에 시우와 시현이를 위해 들여놓은 중고 침대였다.

"수철이 여기서 잘래? 우리 시우하고 같이 놀며 지내라고 만들어놓은 방이야."

아내는 하지 않았으면 좋았을 말을 했다.

"자네, 지금 무슨 소릴 하는 건가."

쑤언 아주머니는 오토바이 열쇠를 꺼내들며 일어섰다.

"아주머니, 그런 뜻이 아니에요. 전 그냥……."

"됐네. 이 사람아."

오토바이의 뒷자리에 외손자와 투이를 태운 쑤언 아주머니는 뒤도 돌아보지 않고 마당을 빠져나갔다. 찌우 부부는 서로를 쳐다보기만 할 뿐 아무도 입을 떼지 못했다.

호치민에서 로안으로부터 걸려온 전화를 받은 건 그였다.

"언니 내일 이사한대요. 이사한 집 정리해두고 열흘 뒤에 식구들과 함께 베트남에 오겠다네요."

그래, 잘되었구나. 그러나 무거워진 그의 마음은 조금

도 가벼워지지 않았다.

"달랏으로 여행갈 수 있게 예약하라고 해서, 취소했던 승합차 다시 예약해뒀어요."

잘했구나. 시우와 시현이 좋아했으면 좋겠구나. 밤늦도록 아내는 투이가 전해준 외손자, 외손녀의 사진을 들여다보았다. 무늬와 색깔이 같은 티셔츠를 입은 오누이가 손을 꼭 잡고 있는 모습이 예쁘기도 했지만 요즘 애들에게서 찾아보기 어려운 애틋한 우애가 깃든 사진이었다. 그 모습에는 린 오누이들의 어린 시절이 남아 있었다.

"옛날에는 지금처럼 살지 않았는데…… 아주머니네 집을 그대로 둔 채 우리 집을 고치는 게 아니었어."

"그렇다고 남의 집을 우리가 다 고쳐줄 수 없잖아요. 좀 거들어줄 수야 있지만."

아주머니네가 남의 집인가. 하긴 모두가 남처럼 되어버린 세월이다.

"다른 사람들은 아주 입 씻고, 처음부터 자기 땅이었던 것처럼 아무렇지도 않게 차지하고 살잖아요."

사는 게 뭐라고. 다른 사람들은 몰라도 도안 아저씨의 배를 탔던 사람들은 그러면 안 되었다. 자본주의를 찬양하던 남부정부 밑에서도 서로 목숨까지 나누며 살았는데 정작 사회주의로 통일을 한 나라에서 그 어떤 자본주의에서보다도 더 지독하게 제 몫만을 챙기는 세월을 살게 될 줄이야 어떻게 알았겠는가.

"아무래도 내가 잘못한 것 같아……."

쩌우는 도안 아저씨의 마지막 모습이 어른거려 눈을 질끈 감았다.

"세월이 그렇게 된 걸 어떻게 해요."

아내는 그에게 전해들은 오빠의 마지막 모습을 떠올리고 있었을까. 그날 밤 쩌우 부부는 오래도록 잠들지 못했다.

잠을 설친 아내는 이른 새벽에 일어났다.

"아휴, 아직 아흐레나 남았네."

사람하고는. 그러면 하룻밤에 이틀이 지나가길 바란단 말인가.

"그렇게 앉았지만 말고 해먹이 괜찮은지 한번 걸어보세요."

느긋하게 담배를 뽑아 물고 앉은 그 때문에 시간이 더디 가기라도 하는 것처럼 아내는 성화를 부렸다. 그는 담배를 입에 문 채 시우와 시현을 위해 새로 장만한 연두와 보라색 해먹을 들고 나가 야자나무에 매달았다. 오 년 사이에 그의 허리통만큼이나 자란 야자나무 다섯 그루 사이의 간격은 해먹을 걸기에 맞춤했다.

"이 나무가 언제 자라서 해먹을 걸겠나 했는데, 참……."

오 년 전, 마당 옆 공터에 야자나무를 심은 건 사위였다. 빨랫줄 묶을 기둥을 세워달라는 린의 말을 들은 사위는 그날 오후에 나가서 야자나무 묘목 다섯 그루를 사왔다. 의아한 눈빛으로 쳐다보는 가족들에게 사위는 말했었다.

"나무를 심어두면 빨래를 널 때마다 기둥을 세우지 않아도 될 거 같아서요. 저희가 곁에 없으니 기둥을 세워주지 못하잖아요."

"아, 이 사람아. 이 손가락만한 게 언제 자라나."

어이없어하는 아내를 따라 그도 웃음을 터뜨렸지만 사위를 다시 보지 않을 수 없었다.

"그래도 시우보다는 더 빨리 키가 자라겠지요. 다음에 시우가 왔을 땐 해먹도 걸 수 있을걸요."

다이아몬드 모양으로 서 있는 다섯 그루의 야자나무 사이에 해먹을 건 그는 아내에게 턱짓을 했다.

"빨래도 널지 못할 거라고 했던 사람이 타봐야지. 당신이 빨래보단 무거울 거 아닌가."

아내는 고개를 저었다.

"애들이 와서 개시를 해야죠."

지난해 우기가 끝나갈 무렵이었다. 린의 전화를 받은 아내의 얼굴이 잔뜩 흐린 하늘보다 더 어두웠다. 딸의 전화를 받으며 그런 표정을 한 적이 없는 아내였다. 그도 신경이 쓰여 귀를 세웠다.

"무슨 일이 없는데 왜 농사를 지으러 간단 말이냐?"

작은 건물의 청소를 맡아 벌이가 괜찮다고 하던 딸네 부부였다. 건물 두 개를 맡아 시작한 일이었는데 잘한다는 소문이 나서 열 개를 넘겼다고 한 게 지난 연초였다. 부부가 새벽부터 밤늦게까지 바쁘게 일을 해야 하지만 벌이는 좋다고 했다.

"너도 농촌이 좋다니…… 난 무슨 말인지 통 모르겠구나."

아내는 고개를 힘없이 저었다. 도시에 산다고 해서 한국으로 시집갔다가 까마우와 크게 다를 바 없는 농촌에서 베트남에서보다 더 힘들게 일하며 사는 딸을 둔 이웃이 드물지 않았다. 결국 견디지 못한 딸이 시집을 나오고, 남편 되는 이가 까마우의 처갓집까지 찾아온 적도 있었다. 전화기를 넘겨받은 그에게 린은 자신들이 이사를 가는 농촌은 여느 농촌과 다르다고 했다.

"시현이 아빠가 감귤 농사를 지으면서 아이들을 자연 속에서 키우고 싶대. 저도 남의 집 아니고, 우리 집에서 애들과 살고 싶어서 찬성이에요. 서울에서 하던 일은 거기서도 계속할 거예요. 제주도는 관광도시고 집에서 시내까지 삼십 분도 걸리지 않으니까 아무 문제 없어요."

인근의 펜션과 시내에 있는 작은 건물의 청소를 맡기로 이미 얘기가 되었다며 린은 그를 안심시켰다. 그날 아내의 얼굴에는 종일토록 수심이 가득했다. 그도 걱정스러웠지만 야자나무를 가리키며 아내를 달랬다.

"그 사람, 허튼 사람 아니잖나. 믿어봐."

어느새 턱을 끝까지 치켜들어야 키를 가늠할 수 있게 자란 야자나무를 올려다보며 아내는 퉁명스럽게 대꾸했다.

"지금 그 말, 평생 상종하지도 않을 것처럼 하던 사람의 입에서 나온 거 맞수?"

며칠 지나지 않아 린이 늦은 밤에 전화를 해서 그에게 물었다.

"시현이 아빠가 이사갈 집과 밭을 내 앞으로 하라는데 어떻게 해?"

널 그만큼 믿는다니 고맙구나. 그렇지만,

"하지 마라."

"자기는 나이가 많으니까, 내가 아이들과 더 오래 살아야 하니까 내 앞으로 하래."

"그래도 하지 마라. 네가 힘들어진다."

그는 이 일을 다시 입 밖에 낸 적이 없었는데 얼마 지나지 않아 마을에 소문이 파다하게 퍼졌다. 아마 한국에 살고 있는 린의 고향 친구들을 통해 전해진 모양이었다. 왜 딸에게 그렇게 말했느냐고 의아한 표정으로 묻는 사람들이 그는 의아했다. 린은 한국으로 시집간 어떤 처녀도 받지 못한 대접을 받고 있었다.

네가 다른 사람이 받지 못하는 대접을 받고 있는 것은 네가 네 남편에게 다른 사람이 받지 못하는 대접을 해주었기 때문일 것이다. 그가 입 밖으로 내지 않았지만 린은 알아들었을 것이다.

사위가 보내온 편지를 받았다. 짧은 편지는 한글과 베트남어로 나란히 쓰여 있었다. 한글은 사위가 쓴 것이고 베트남어는 린이 옮겨 적은 것이었다.

장인어른.

아내에게 아버님이 하신 말씀 전해들었습니다.

저 그렇게 부자 아닙니다.

지난 팔 년간 아내와 제가 함께 일해서 번 돈으로 마련한 집과 작은 밭입니다. 나중에 이름 바꾸려면 세금이 많이 듭니다.

그래서 집과 밭은 저와 아내의 공동명의로 하였습니다. 장인어른의 말씀을 반만 들어서 죄송합니다.

제주도는 여전히 베트남에서 멀긴 하지만 까마우처럼 바다가 보이고, 한국에서 가장 따뜻한 남쪽입니다.

먼 나중에 아내와 아이들만 남게 되더라도 여기서라면 잘살 수 있을 것 같아 이사를 하기로 했습니다.

제주도에 와서 우리가 살 집에서 오래 쉬다가 가십시오.

아내와 아이들이 많이 보고 싶어합니다.

편지에는 쩌우 부부의 초청장과 비행기 티켓이 들어 있었다. 오늘 새벽에도 아내가 일어나서 제일 먼저 한 일은 그 편지를 꺼내 읽는 것이었다.

투이의 전화를 받은 건 아침을 먹은 쩌우가 바다에 나가려고 그물을 챙기던 참이었다.

"아저씨예요?"

어떤 목소리로 대해야 할까, 투이의 목소리를 듣는 순

간 그는 어제저녁의 일을 떠올리며 대답을 망설였다. 그러나 투이는 그가 더 고민할 틈을 주지 않았다.

"린한테 연락 있었어요?"

"아니, 왜?"

"TV 켜보세요, 한국에 큰일났어요."

한국 채널의 화면에는 반쯤 잠긴 배가 보였다.

"저게 뭐냐?"

아나운서의 말을 알아들을 수 없는 그가 투이에게 물었다.

"여객선이 침몰하고 있는 거예요. 제주도로 가던 배라고 해서, 혹시나 싶어 전화해봤는데 린이 받질 않아서요."

린에게 연락이 오면 자기에게도 알려달라고 한 뒤 투이는 전화를 끊었다. 쩌우는 한국TV와 베트남TV 채널을 번갈아 누르고 있는 아내에게 소리를 쳤다.

"지금 그러고 있을 때야? 전화 걸어봐!"

번호를 누르고 기다리던 아내가 고개를 저었다.

"로안이 통화중이네요."

"지금 왜 로안에게 걸어? 린에게 바로 걸어야지."

아내가 수첩을 꺼내 린의 번호를 눌렀다. 요금이 무서워 먼저 걸어본 적이 거의 없는 번호였다. 받지 않았다.

다시 걸어도 마찬가지였다. 알아들을 수 없는 한국말 안내만 되풀이될 뿐이었다.

"아직 한국은 밤인가."

한국과 시차가 두 시간이다. 그런데, 한국은 두 시간이 더 빠르다고 하지 않았나. 잘 시간이 아니다. 반대야.

"로안이 린하고 통화 중인가."

아내가 다시 수화기를 들려는 순간 전화벨이 울렸다. 로안이었다.

"언니한테 연락해봐라. 제주도로 가던 배가 넘어졌대."

"걱정하지 말아요. 언니네는 비행기 타고 제주도 간다고 했으니까."

"린하고는 통화했니?"

"아냐, 안 받아. 아마 비행기 타고 있나봐요. 비행기에선 통화 안 돼."

그렇다면 별일 없겠지. 그래도 혹시. 노파심이 가라앉지 않아서 그는 TV 앞에서 머뭇거렸다. 배는 점점 기울어가는데 TV 화면은 여전히 너무나 조용했다. 일단 어느 쪽이든 빠져들기 시작하면 돌이킬 수 없는 곳이 바다다. 넘어진 배가 다시 일어서는 법은 없다. 바다의 무서움을 아는 그는 고개를 갸웃거렸다.

"아저씨, 배에 탄 사람들 다 구조됐대요."

다시 전화를 한 건 투이였다.

"그래? TV에 그런 말 없고 그냥 기울고 있는데."

"베트남 TV 말고 한국 TV로 돌려보세요."

정말 한국 TV에서는 침몰 중인 배에서 사람들을 구출하는 장면이 나오고 있었다.

"화면 밑에 나오는 글자가 '전원 구조'란 말이에요."

그렇지. 다행이구나.

그는 서둘러 어구를 챙겨 오토바이에 싣고 포구로 향했다. 하늘이 흐렸지만 바람은 잔잔했다. 집을 고치느라고 쉰 게 여러 날이었다. 린의 식구들이 오면 또 여러 날을 쉬어야 할 것이다. 바다가 우기의 가운데로 들어서기 전에 며칠이라도 더 일을 해두어야 했다. 다행히 아직은 파도가 거칠지 않았다.

두 번째 그물을 내리고 물결의 흐름에 배를 맡겼다. 갑판에 등을 붙이고 누운 그의 얼굴에 오후 햇살이 따갑게 쏟아졌다. 목에 둘렀던 수건을 풀어 얼굴을 가리자 피곤이 몰려왔다. 지난밤 잠을 설친 그는 까무룩 잠이 들었다.

잘 살고 있나? 도안 아저씨가 쓸쓸하게 웃으며 물었다. 아저씨는 잘 지내요?

나? 여기는 좀 심심해. 그쪽 세상에서 살았던 것을 하루하루 다시 살아보는 게 일과야. 내가 거기서 잘 살았나? 아저씨는 참 훌륭하게 사셨죠.

정말 그랬을까. 다음 세상에서 다시 그렇게 살아도 될까. 아저씨가 가 있는 그 세상에서도 또 다음 세상이 있나요.

말했지 않나. 여긴 그쪽 세상에서 살았던 것을 다시 살아보기 위해 머무르는 곳이야. 오늘 밤이면 여길 떠나지. 왜요?

다시 살아보는 일이 끝났으니까. 우리가 헤어졌던 마지막 날이 생각나지 않는가. 그날도 낮에는 오늘처럼 바다가 잔잔했지. 오늘 내가 여기서 사는 날이 그날이 되었네. 그러니 내게 더는 내일이 없지 않나. 아, 아저씨. 오늘이 바로 우리가 정부군의 경비정에 걸려들었던 날이었군요.

화들짝 놀란 그는 갑판에서 벌떡 일어났다. 해안경비정이 멀리서 사이렌을 울리며 그의 목선으로 다가오고 있었다. 어떻게 된 것일까. 내가 아저씨의 오늘로 가버린 것일까. 경비정은 다가오는데 배 안에는 소총 한 자루 없었다.

"쩌우3호."

경비정의 고성능 스피커가 그의 배를 불렀다. 뒤이어 펄럭이며 다가오는 깃발이 보였다. 삼색 남부정부의 깃발이 아니라 사회주의공화국의 금성홍기였다. 그는 얼떨결에 집어들었던 칼을 내려놓으며 길게 숨을 몰아쉬었다. 투이가 제 아버지의 제삿날에 맞춰 돌아왔다는 것을 그는 비로소 깨달았다. 등줄기가 땀으로 젖어 있었다. 경비정은 수평선으로 떨어지고 있는 붉은 해를 등지고 다가왔다. 그는 서둘러 그물을 거둬올렸다. 동력이 작은 목선은 일몰 후 어로작업이 금지되어 있었다. 일몰 전에 포구에 들어가야 하지만 귀항중인 어선을 단속하는 경우는 없었다.

"쩌우3호."

그는 모르는 척 그물을 마저 끌어올렸다. 아무것도 모르는 녀석들, 내가 경비정을 겁낼 줄 알아. 3호 공작선은 중무장한 적의 경비정도 무서워하지 않았어.

"쩌우3호. 쩌우3호."

경비정은 그의 배를 반복해서 불렀다. 그물을 다 끌어올린 그는 경비정을 향해 손을 들어 알았다는 표시를 했다.

"쩌우3호, 즉시 귀항하라!"

그는 키를 잡고 뱃머리를 돌렸다. 1, 2호도 없으면서도 그가 3호라고 이름을 붙인 이유를 아는 사람은 아무도 없었다. 그의 소조가 승선했던 무기 운송 공작선이 도안3호였다는 사실은 누구에 의해서도 기억되지 않았다. 도안3

호는 도안 아저씨가 가진 다섯 척의 어선 중에서 가장 크고 빨랐다. 도안3호의 최후에 대해서 기억하는 사람도 이젠 남아 있지 않다.

"전속력으로 귀항하라."

방향을 잡은 그는 발동기의 연료 분사밸브를 최대로 열었다. 경비정이 출동한 이유를 짐작조차 하지 못한 채 그는 도안3호를 탔던 사람들의 최후를 생각하며 수평선으로 빠져드는 해를 바라보았다.

식구들 모두 비행기를 탄다고 했는데 손녀 시현이 왜 그 배에 있었는지 알 수가 없었다. TV에 비치는 시현은 환자복을 입고 병실에 누워 있었다. 이어지는 TV 화면에는 시현이 구명보트로 옮겨지는 장면, 응급차로 이송되는 장면, 의료진에 둘러싸여 진료를 받는 장면이 차례로 나타났다.

린은? 사위와 시우는 어디에 가고 시현이 혼자 병원에 누워 있는 거야. 아내는 울기만 했다.

"전원 다 구조되었다고 하지 않았어?"

아내의 옆에 앉아 있는 투이에게 물었다.

"아녜요, 아저씨. 구조된 사람은 얼마 되지 않아요."

무슨 소리를 하는 거야. 전원 구조되었다는 뉴스를 보고 바다엘 나갔는데.

"잘못된 발표였대요."

시현이 사라진 TV 화면은 파도가 넘실거리는 한국의 밤바다로 채워졌다. 선수의 바닥만 바다 위에 남긴 채 선체는 사라지고 없었다. 그의 다리에서 힘이 빠져나갔다. 누군가 무너져내리는 그를 붙들었다. 눈앞이 아득하게 흐려졌다. 베트남말인지 한국말인지 알 수 없는 아나운서의 목소리가 바람 소리처럼 웅웅거렸다.

주위의 사물들이 다시 눈에 들어왔지만 달라진 것은 없었다. 그가 바다에 나가 있는 사이 넘어진 배는 바닷속으로 더 깊이 빠져들며 뒤집혔고 바다 위로 뭉툭하게 튀어나와 있는, 녹슨 선수의 바닥은 다른 아무것도 알려주지 않았다. 오직 넘어져 기우뚱하던 것이 이젠 완전히 뒤집혔다는 사실만을 침몰한 배는 보여주고 있었다.

다시 TV 화면에 등장한 시현이 하는 말을 투이가 옮겼다.

"오빠가 입고 있던 구명조끼를 벗어 시현이한테 입혀줬대요."

시현은 놀라서 더욱 커진 눈을 두리번거리며 오빠를 찾

았다. 아내는 두 손을 모아 쥔 채 발을 동동 굴렀다. 그는 가슴 가득 숨을 들이쉬었다. 아이들만 배에 탔을 리는 없지 않은가. 투이에게 물었다. 시우는? 린과 사위는?

"구조자 명단에는 없어요."

사망자 명단에는?

"거기도 없어요."

그럼 됐다. 그는 아내를 부축해서 방으로 들여보냈다.

"괜찮아. 린이 얼마나 수영을 잘하는지 알잖아."

어렸을 땐 종일 바다에서 살았던 아이였다.

"시우 하나 구하지 못할 사위가 아냐. 경비정을 탔던 사람이잖아. 시우 데리고 바다 위 어딘가에 떠 있을 거야."

쩌우는 바다에서 군대생활을 했다는 사위가 해병대만은 아니기를 바랐었다. 까마우에는 한국군이 주둔하지 않았지만 해병대의 악명은 어느 전선에서나 입에 오르내렸다. 사위가 해병대도 해군도 아닌 해경이었다는 사실을 알고 안도의 한숨을 내쉰 그였다. 배가 넘어지고 나서도 충분한 시간이 있었는데 경비정을 타고 바다를 누비며 이십 대를 보낸 그가 아내와 아들을 구하지 못했을 리 없었다. 더구나 린은 까마우에서 나고 자란 바다의 아이였다. 바다의 어둠이 걷히고 수색작업이 재개되면 나타날 것이다, 그는 믿었다. 믿고 싶었다. 그러나 날이 밝고, 날이 바뀌어도 딸과 사위, 외손자는 나타나지 않았다. 가슴이 새카맣게 타들어가서 더는 견딜 수가 없었다. 구조자 명단은 한 명도 늘어나지 않았고 사망자 명단만 늘어났다. 실종자 명단에서 사망자 명단으로 옮겨가는 이름들만 늘어나는 뉴스를 보며 가슴이 터질 것 같았다.

바다라면, 배에 대해서라면 나도 좀 알아. 그토록 많은 사람이 그렇게 쉽게 바다로 빨려들어갈 수는 없어. 십 분의 시간만 있어도 모두 탈출할 수 있어. 한 시간도 넘는 시간이 있었는데 그렇게 될 순 없는 거야. 삼 초면 펴지는 구명보트까지 주렁주렁 매달려 있었지 않나.

그는 투이에게 말했다. 내가,

"가야겠어."

가서, 내가 바다에라도 뛰어들어 찾아내겠어. 뒤집혀 가라앉은 배 안에 있다면 그 배 안에 들어가겠어. 그는 지난해 사위가 편지와 함께 보낸 초청장과 비행기 티켓을 투이에게 내밀었다.

"어떻게 하면 갈 수 있니?"

알아보겠다며 자기 집으로 간 투이는 짐을 챙겨들고 왔다. 수철이도 함께였다.

"가시죠."

아주머니가 얼마나 기다렸던 너인데,

"안 된다."

"말 한마디 안 통하는 분이 그냥 가서 어쩌시게요?"

그는 투이를 태우고 온 쑤언 아주머니를 돌아보았다.

"난 얘들 얼굴 봤으니 됐네. 가시게, 이 사람아."

넌 또 몇 년을 별러서 왔겠니, 그는 투이를 향해 고개를 저었다.

"수철이가 외할아버지 제사 지냈으니, 저도 됐어요."

어떻게 탔는지도 모를 비행기 안에서 그는 무엇도 믿기지가 않았다. 눈앞에 어른거리는 것이라고는 뒤집힌 철선의 녹슨 선수뿐이었다.

린은 일주일 만에 바다 위로 올라왔다. 짙은 바다 냄새가 그의 심장으로 파고들었다. 가슴을 칼로 긋는 통증이 온몸으로 번졌다. 어깨를 움츠린 린의 입술은 검푸르렀다. 차가운 바다 밑에서 일주일을 떨다가 올라온 린이 다시 임시 안치소의 냉동고 안으로 밀려들어가는 것을 지켜보던 그의 무릎이 꺾였다. 쓰러진 아내 대신 따라온 로안은 파르르 떨며 오열했다. 굳게 닫힌 냉동고의 스테인리

스 문짝은 싸늘했다. 린이 너무 추워서 그는 와들와들 떨었다.

체육관으로 돌아온 그에게 옆 텐트의 박이 인사를 했다. 박은 수학여행을 떠난 고등학생 딸을 기다리는 아버지였다. 다행이네요. 좋으시겠어요.

"축하한대요."

투이가 옮겨주는 말을 듣고 그는 기가 막혔다.

그제까지도 인사가 이렇지는 않았다. 이렇게 돼서 어떻게 해요……. 바다 밖으로 나온 주검이 자신의 가족이 아니라는 사실에 안도하고, 그렇게 안도하는 게 미안해서 말끝을 흐렸다. 투이가 설명해주지 않아도 표정만으로 그들의 인사를 충분히 짐작할 수 있었다. 린의 식구들이 아직 살아 있을 거란 희망을 버리지 않았을 때까지는 그의 마음도 그랬다. 그러나 뒤집힌 선수의 밑바닥마저 수면에서 완전히 사라지면서 희망도 함께 사라졌다. 생존자 구조작업은 아예 시도조차 한 적이 없다는 사실을 알고 난 사람들은 안으로부터 무너져내리면서도 다른 희망을 품었다. 슬프고 끔찍한 희망이었다. 살아서가 아니라 덜 아프게 돌아오는 것이 유일한 희망이 되었다. 117, 131, 138, 147…… 번호가 늘어갈수록 체육관은 비어갔다. 덕

분에 일 층에 자리가 없어 이 층 관람석에서 쪼그리고 지내던 그들도 어제 일 층으로 옮겼다. 아직 번호가 되지 못한 가족을 기다리는 사람들은 번호가 되어 돌아온 가족과 함께 떠나는 이들을 부러워했다.

159번으로 올라온 린은 축하를 받았다. 세상에서 가장 기막힌 축하였다. 미친 세월이지 않고서야 이게 어떻게 축하를 받을 일인가.

비참한 부러움과 끔찍한 기다림이 교차하는 박의 눈동자는 바다처럼 흔들렸다. 열일곱 살 딸을 기다리는 남자는 두터운 손등으로 눈가를 훔쳤다. 박의 아내는 손에 쥔 묵주를 돌리며 중얼거렸다. 따뜻하게 잘 보내세요.

"추웠을 거예요."

투이가 옮겨주는 말이 그의 귓전을 지나쳤다. 악몽보다 더 혼란스러운 밤이 지나갔다.

그는 아침을 먹으러 가고 있는 자신을 발견하고 화들짝 놀랐다. 린을 냉동고 안에 넣어두고도 배가 고픈 자신이 미친 것만 같았다. 돌았어.

옆 천막에서 나오던 박의 의아한 눈빛은 그에게 묻고 있었다. 왜, 가지 않았어요?

난 아직 더 기다릴 사람이 있어요. 딸이 내 가족이면 사위도 내 가족이고, 외손자도 내 가족이잖아요. 그렇게 해서 쩌우와 로안은 떠나지 못하는 유가족이 되었다. 그리고 여전히 그들은 생존자 가족인 동시에 실종자 가족이기도 했다. 그런 가족은 그들이 유일했지만 그들은 그 어디에도 속하지 않았다. 아무도 그들을 찾지 않았고 무엇도 그들에게 알려주지 않았다. 체육관 한쪽에 쪼그려 잠을 자고 알아서 밥을 타 먹었다. 사람들이 움직이는 대로, 박의 뒤를 따라다니며 알아들을 수 없는 설명을 듣고 배가 들어오면 희생자의 얼굴을 확인했다. 무성영화를 보는 것처럼 하루가 더디게 지나갔다. 낮은 길고 밤은 추웠다.

나에게 어떻게 해도 그건 괜찮아. 아무도 설명해주지 않아도 내 사위와 내 외손자를 내가 알아보지 못하는 일은 없을 테니까. 그런데 탈출할 수 있는 충분한 시간이 있었는데도 왜 내 딸이 거기서 죽어야 했는지, 내 사위와 외손자가 왜 아직도 저 안에 갇혀 있어야 하는지는 누군가가 설명해주어야 하지 않아?

아무도 들어주지 않는 그의 말은 파도가 되어 산산이 부서진 채 흩어졌다. 쉼 없이 몰려와 방파제에 부딪히는 파도를 바라보며 그는 부서진 말을 다시 모아 가슴에 쌓으며 또 하루를 보냈다.

까마우의 바다에서 나고 자란 어머니와 경비정을 타고 바다를 누비며 젊은 시절을 보낸 아버지를 둔 일곱 살짜리 내 외손자가 왜 아직까지도 돌아올 수 없는지는 설명해주어야지. 걸음마보다 바다에서 노는 법을 먼저 딸에게 가르친 내게도 그 정도의 알 권리는 있는 것 아닌가.

그는 선착장에 앉아 구조작업선이 돌아오는 바닷길을 하염없이 바라보았다. 나흘째 한 사람도 돌아오지 않고 있었지만 그는 선착장을 지켰다. 한 떼의 사람들이 와서 눈물을 뿌리고 가면 다른 한 떼의 사람들이 몰려와서 흐느끼고 갔다. 광택이 나는 승용차를 타고 온 사람들은 선착장을 배경으로 사진을 찍고 갔다. 배경의 일부가 되어버린 그에게 다가와 말을 섞어주는 것은 언제나 파도뿐이었다.

비바람이 지나간 오후였다. 그는 임시 안치소를 등지고 앉아 바다를 바라보았지만 조금 전에 보고 나온 린의 얼굴만 자꾸 눈앞에 어른거렸다. 눈가와 입술만 검푸르게 부어 있었던 처음과는 달리 너무 상해 있었다. 바다 냄새는 사라지고 소독약 냄새만 지독했다. 먼저 올라온 사람들은 다 장례를 치렀지만 린만 냉동고에 누워 남편과 아들을 기다려야 했다.

"언니 이제 묻어줘요."

아직도 울먹이고 있는 로안을 바라보며 그는 담배를 뽑아 물었다.

"저도 하나 주세요."

손을 내미는 투이에게 담배 한 개비를 뽑아주었다.

"남편에게 매 맞고 시퍼렇게 멍이 든 채 집에서 쫓겨나오면, 가슴에 퍼지는 이 온기가 위로가 되더라구요."

투이가 길게 뿜어낸 담배연기는 바닷바람에 흩어졌다.

"베트남에서 없던 복이 한국에서라고 있겠나, 그러면서 린을 부러워했었어요. 하루를 살아도 린처럼 살아봤으면 좋겠다 싶게, 린은 잘 살았어요. 이제 보내세요."

평생을 바다에서 살아온 아비란 게 제 사위, 외손자 하나 건져주지 못한다고 린이 원망하고 있을 것 같아. 이렇게 멍청히 바다를 바라보고만 있는 그의 마음을 아프게 만들려고 린이 얼굴을 망가뜨리는 것만 같았다.

"남편과 시우를 찾아서 같이 보내지 않는다고 원망하지 않을까?"

투이는 대답을 않고 가슴 깊숙이 담배를 빨아들였다. 빗줄기가 쓸고 지나간 오후의 바닷바람은 쌀쌀했다. 이러다가 사위와 시우만 못 올라오는 것 아닌가, 하는 두려움이 파도처럼 밀려왔다.

　담배를 쥔 손을 떨며 앉아 있는 그의 등에 누군가 점퍼를 걸쳐주었다. 박이었다. 투이는 들고 있던 담배를 슬그머니 바닥에 비벼 껐다. 박은 사양하는 그의 등에 기어코 점퍼를 씌워주었다. 박은 이제 스무 명도 남지 않은 실종자 가족의 한 사람으로, 아직, 남아 있었다. 그는 박에게 담배를 내밀었다. 두 사람은 나란히 앉아 담배연기를 뿜어냈다.

　얘가 제 딸, 송희예요. 반쯤 태운 담배를 비벼 끈 남자가 휴대폰을 꺼내 그의 눈앞으로 내밀었다.

　예쁘네요.

　네, 똑똑했어요. 남자는 입술을 깨물며 바다를 응시했다.

　곧 올라오겠지요.

　제가 애를 죽였어요. 박은 고개를 흔들었다.

　돌아올 거예요.

　그날 아침에 송희한테서 전화가 왔었어요. 아빠 나 안 보고 싶어, 하고 물어서, 보고 싶긴 인마, 하나도 안 보고 싶어. 그렇게 농담을 했는데, 배가 기울었어, 하는 거예요.

　남자는 통화기록을 뒤로 돌려서 시간을 보여주었다.
2014.4.16. 09:25.

배에 물이 들어오는데 어떻게 해, 하고 묻기에 깜짝 놀라서 그럼 일단 밖으로 나와야지, 하고 소리쳤지요. 안돼. 방송에서 가만히 있으라고 해, 하길래, 물이 들어오는데 왜 가만히 있어. 나와. 그랬는데 송희가 그러는 거예요. 안 돼. 아빠, 나 우리 반 부회장이잖아. 선생님 도와서 애들 챙겨야 해. 그래도 무조건 빠져나오라고 했어야 했는데, 옆에 선생님이 있다고 해서 선생님 말을 잘 들으라고 한 거예요. 제가 죽인 거죠. 애들 구명조끼 입혀주러 가야 해, 끊어. 그러고 나서 송희가 남긴 마지막 말이, 아빠 사랑해, 였어요. 아차, 이게 아니다 싶어서 바로 애에게 전화했지만 받질 않았어요. 제가 병신 같아서 애를 죽인 거죠. 남자는 입술을 깨물었다.

난 선생님을 믿었고, 선생님은 선장을 믿었겠죠. 배가 그렇게까지 많이 넘어간 줄은 저도 몰랐죠. 넘어진 배가 뒤집히게 생겼으면 무조건 밖으로 나가게 하는 게, 탈출시키는 게 당연한 거잖아요. 그런데, 그 선장이란 새끼와 선원들이 애들을 다 버리고 지들끼리 도망칠 줄 어떻게 알았겠어요. 더구나 이 시각엔 이미 인근의 어선들이 구조하러 달려와 있었고, 근처를 지나던 대형 유조선이 사백 명이고 오백 명이고 다 태울 수 있다고 빨리 탈출시키라고 하던 중이었다잖아요. 그는 다시 휴대폰의 통화기록을 그에게 보여주었다. 4월 16일 09시25분. 통화시간 37초. 그 시간에 그도 까마우에서 잠겨가는 배를 TV로 지켜보고 있었다. 뛰어내리게만 하면 되는데 관제소도, 해경도, 청와대도 보고만 받고 아무도 탈출시키란 지시를 않고…… 애들이 살아서 발버둥치고 있었을 하루 동안 배 안에 잠수요원 한 명 투입하지 않고 사상 최대의 구조작전이라고 사기나 치고, TV는 그걸 하루종일 돌려댄 거예요. 올라온 애들 손톱 다 새카맣게 된 거 봤잖아요. 애들이 차오르는 물속에서 살려고 발버둥치다 그렇게 된 거잖아요. 송희네 반 애들만 스물한 명이 그렇게 간 거예요. 애들이 그토록 아프게 죽어가는 시간에 젖은 돈을 말리고 있었던 선장과 어디에도 없었던 나라의 책임자를 난 믿은 거예요.

왜 그랬을까요. 그는 정말 알 수 없었다. 사위는 쩌우의 용사증서를 보고 물었었다. 장인어른은 왜 해방전선에 가담했어요? 다시 만나지 못할 줄 알았다면 대답을 해주었을 것이다. 내가 왜 전선에 가담했는지는 모르겠지만 내가 가담했던 전선이 어떤 곳이었는지는 지금도 말해줄 수 있다.

전쟁 시기에 까마우에서는 필요한 어선을 징발했다. 도안3호는 그렇게 징발한 어선의 하나였다. 어로작업을 가장해 무기와 병력을 이동시키는 공작선이었다. 그 배가 적의 경비정에 걸려든 것은 무기를 공급하고 조업중이던 선단에 막 섞여들어갔을 때였다. 적은 정확한 정보를 가지고 선단으로 접근하며 조명탄을 쏘았다. 상황은 분명했다. 소조장은 승무원 전원을 집합시켰다. 일렬횡대로 집합한 승무원들을 향해 그는 명령했다.

"당원 일보 앞으로."

세 명이 한 발 앞으로 나갔다. 그때까지 같은 배를 탔지만 당원이 아닌 소조원들은 누가 당원인지 알지 못했다. 어느 정도 짐작을 했을 뿐이었다. 짐작은 틀리지 않았다. 호치민에서 대학을 다닌 똑똑한 사람이거나 전선에서 오래 활약한 유능한 사람들이었다. 뒤에 남은 사람들은 직감했다. 당원들을 탈출시키겠구나. 그러나,

반대였다.

"당원들은 배를 사수한다. 나머지 승무대원은 탈출한다."

당원이 아니었지만 열일곱 살 때부터 연락원으로 활동한 스물한 살의 항해사도 선장과 함께 배에 남아야 했다.

항해사가 어떤 임무에 필요한지 소조장에게 물은 건 선장이었다.

"항로를 책임져야 할 항해승무원으로서의 임무, 상부와 연락을 담당해야 할 전선연락원으로서의 임무가 그에게 있소."

"전선의 임무에 대해서는 당신이 책임지겠지만 이 배의 운항에 대해 책임지는 것은 선장인 나요. 항해는 선장인 나 하나로 충분히 감당할 수 있소."

머뭇거리는 소조장에게 선장은 물었다.

"이 순간, 이후에 전선으로 연락해야 할 어떤 일이 더 남았나요?"

소조장은 항해사인 연락원에게 손을 내밀었다. 연락원은 통신이 열려 있는 무전기를 내밀었다. 무전기를 건네받은 소조장의 보고는 짧고 단호했다.

"여기는 3호, 당원들은 적을 돌파한다. 선단을 보호한다. 나머지 대원들은 탈출한다. 이상."

무전기를 다시 연락원에게 건네준 소조장은 명령했다.

"당원 전투 위치로! 나머지 전 대원 즉시 하선!"

자신이 남아 항해를 책임지겠다는 스물한 살의 항해사에게 선장은 소리쳤다.

"니가 뭔데 까불어! 마지막까지 배와 운명을 함께하는 게 선장이야."

당원들과 선장만 배에 남긴 채 나머지 소조원들은 맨몸으로 바다에 뛰어들었다. 스물한 살의 연락원은 마지막으로 갑판에서 뛰어내렸다. 배는 선단에서 빠져나가며 전속력으로 질주했다. 그들이 격렬한 총격전을 벌이며 시간을 버는 사이 바다에 뛰어든 사람들은 모두 빠져나갔다.

"그 스물한 살의 연락원이 당신인가요?"

박의 물음에 그는 입을 다물고 씁쓸하게 웃어 보였다. 그가 누군지 말할 순 없지만 그 배의 선장이 누구였는지는 말할 수 있지요. 얘의 아버지가 그 배의 선주이자 선장이었지요.

말을 옮겨주던 투이가 입을 다물며 그에게 손을 내밀었다. 투이가 문 담배에 박이 불을 붙여주었다.

작별의 짧은 순간 선장은 차고 있던 시계를 풀어 스물한 살의 연락원에게 주었다. 연락원이 형처럼 따랐던 한 살 위의 소조원은 망설이는 그의 등을 떠밀었다. 그보다 겨우 한 살 위였지만 호치민 대학을 다니다 전선에 들어온 그 소조원은 당원이었다.

그의 눈길이 낡고 투박한 손목시계를 차고 있는 투이의

가녀린 손목에 박혔다. 그녀의 왼손 중지와 약지 사이에서 마른 담배가 타들어갔다. 그의 눈길을 쫓던 박이 투이에게 물었다.

"지금 몇 시예요?"

"이 시계는 언제나 21시 15분이죠."

자신의 손목을 남의 손목처럼 물끄러미 내려다보던 투이가 중지와 약지 사이에 끼워 든 담배를 입으로 가져갔다. 도안 아저씨는 왜 시계를 내게 풀어주었던 것일까. 시계를 쑤언 아주머니에게 전해주고 나서 그는 그 시계의 존재를 오래 잊고 살았다. 도안 아저씨는 스물한 살의 그를 저승으로 가는 배에서 내려주었지만 그는 아저씨의 남은 배도, 땅도, 가족도, 명예도 지켜주지 못했다. 아저씨의 집안이 지주로 몰려 비판을 받고 재산을 몰수당할 때 그는 고작 두 마디를 했을 뿐이었다.

'도안 선장은 마지막까지 혁명을 도왔습니다. 이건 사람의 도리가 아닌 것 같습니다.'

저 자식은 뭐야. 아직도 봉건 잔재에서 헤어나지 못하고 있군. 정신 차려. 비난이 쏟아졌고, 그는 입을 다물었으며 쑤언 아주머니는 재교육 대상이 되었다. 왜 그때, 그래서는 안 된다고 끝까지 주장하지 못했을까. 살벌하고,

두려워서만은 아니었다. 전쟁에서 적의 총구 앞에 한 번도 서보지 않은 자들이 목소리는 더 높았다. 호치민 대학을 다녔던 형, 아내의 오빠가 나 대신 살았더라면 뭐라고 조리 있게 도안 아저씨의 가족들이 이런 대접을 받아선 안 되는 이유를 설명할 수 있었을 텐데, 여섯 해 동안 맨발로 총알 사이를 오가며 연락원을 했을 뿐인 나는 잘난 사람들의 주장을 반박할 단 한 줄의 이론도 없었다. 그렇다고 해도 도안3호에서 살아남은 자인 내가 입을 다물어선 안 되었다.

"당신들의 시간은 거기서 멈췄군요……."

박이 담배를 물고 있는 투이의 손목을 바라보며 말끝을 흐렸다. 똑똑하고 유능하면서도 아름다웠던 사람들은 그날 이후로 다시 만날 수 없었다. 지도자들이 내려오고 간부들이 뽑혔지만 도안3호와 함께 사라진 사람들과 같은 이들은 나타나지 않았다. 구호와 이론이 쉼 없이 하달되었지만 그에게는 공허했다. 혁명적이고 옳긴 했지만 육체가 보이지 않는 언어는 감동적이지는 않았다.

4.16. 09:25, 통화기록을 보여주는 휴대폰의 화면을 박이 바꾸었다. 박의 딸 사진 아래로 글들이 달려 있었다. 송희야 어디 있니? 정말 보고 싶고, 너무 미안해……. 살

아남은 같은 반 아이들이 올린 글이었다.

"애들이 찾아와 얘기해줘서 알았어요. 밑에서 반 애들을 위로 밀어 올려보내다가 자기는 못 빠져나온 거예요……. 바보같이, 그깟 부반장이 뭐라고. 이젠 올라와도 성한 곳이 없겠지요?"

유가족이 되는 일이 유일한 희망이 되어버린 것은 그나박이나 다르지 않았다.

"개자식들, 학급 부반장만한 양심도 책임감도 없는 개자식들……."

박이 뺨을 타고 흐르는 눈물을 훔치며 말했다.

"따님이 먼저 가서 아기 기다리게 이제 보내세요. 너무 춥잖아요."

박의 젖은 눈길을 따라 그도 임시 안치실을 돌아보았다.

병원 현관을 나오던 시현이 그와 로안을 발견하고 폴짝폴짝 뛰어왔다. 머리를 두 갈래로 땋은 녀석은 로안의 품에 안겼다. 제 어미를 닮은 이모의 목을 껴안고 큼큼 냄새를 맡으며 녀석이 물었다.

"엄마는 왜 같이 안 왔어?"

그와 로안은 투이를, 투이는 시현이를 데리고 온 고모

를 바라보았다.

"엄마는 천국에 갔다고 했잖아."

얘기했어요. 심리치료를 담당하는 의사 선생님이 알려주는 게 좋대요. 시현이를 돌보고 있는 막내고모의 차분한 눈매는 사위를 닮아 있었다.

"아냐, 거짓말이야."

로안의 품에 안긴 시현이 제 고모를 돌아보며 소리쳤다.

"오빠가 엄마와 아빠 찾아온다고 했단 말이야. 오빠가 나한테 조끼 입혀주면서 그랬단 말이야."

쟤가 저래요. 시우가 동생을 정말 잘 돌봤어요. 마지막까지요. 시현이 데리고 위층 매점에 가 있는데 배가 기우뚱하니까 시우가 입고 있던 구명조끼 벗어서 시현이한테 입혀주고, 엄마 아빠 찾으러 아래층으로 내려갔던 거구요. 엄마, 아빠가 같이 일 나가면 둘이 지내는 시간이 많았는데 겨우 한 살 위인 시우가 지 동생을 끔찍하게 챙겼어요. 얘한테는 오빠의 빈자리가 엄마, 아빠의 빈자리 못지않게 큰 거 같아요. 고모의 그 말이 그의 가슴에 와 박혔다. 그렇게 린과 사위가 힘들게 일을 하러 다녔구나. 그 돈으로 고치라는 집이었는데 그것 하나 제 날짜에 맞추지 못해서 이 지경을 만들었다. 공사만 제 날짜에 마쳤으면 투이와 함께 고향에 가 있었을 테고, 지금같이 시현이 혼자 남는 일은 결코 없었을 것이다.

"이모, 엄마 아빠는 왜 오빠만 데리고 좋은 데로 이사갔어?"

"너만 놔두고 이사간 거 아니라고 했지. 지난주에 제주도에 가서 보고 왔으면서."

고모가 대답을 대신했다. 오빠네 식구들이 이사가기 두 달 전에 제주도 집에 미리 가서 며칠 살다가 왔는데, 그 집을 얘가 기억해요. 그 집이 그렇게 좋았던 모양이에요. 엄마 아빠가 오빠만 데리고 거기로 이사갔다고 얘가 하도 울어서 지난주에 제주도에 데리고 가서 그 집을 확인시켜줬어요. 자기 방과 오빠 방에 들어가보고 엄마 아빠 방에 가서 침대의 냄새도 킁킁 맡아보고 나더니, 정말 없네, 그러더라구요.

"고모, 거짓말쟁이야. 엄마 아빠가 오빠 데리고 좋은 데 갔다고 했잖아."

천국이 어디냐고 해서 좋은 곳이라고 했더니 저래요.

"그동안 밥 잘 먹고, 잘 놀았어?"

시현이에게 물어보고 싶은 것이 많지만 고모를 못 믿고 감시하는 것처럼 여겨질까, 그는 말을 아끼고 골라야 했

다. 갑자기 식구를 다 잃어버린 어린 조카를 돌보는 일이
쉬울 리 없다. 아이가, 떠난 엄마의 언어를 쓰는 외갓집
식구들과 만나는 일이 고모에게 신경 쓰이는 게 어쩌면
당연했다.

"와, 엄마다."

로안이 핸드폰에 저장된 린의 사진을 넘길 때마다 시현
은 꺄악 소리를 질렀다. 그의 품에 안겨 미쩌우 공주 이야
기를 들으며 꺄악 소리를 지르던 린의 모습이 겹쳐졌다.

"이제 어쩌시겠어요?"

언제 베트남에 돌아가시겠어요, 고모가 그렇게 묻지 않
아서 다행이었다. 린은 화장을 했다. 장례식은 사위와 시
현이가 돌아올 때까지 미뤘다. 진척이 더디던 선체 수색
은 올라오지 못한 사람의 숫자가 한 자리로 줄어들자 아
예 중단되었다. 304까지 채워야 할 숫자 중에 매기지 못
한 번호 아홉 개 정도는 별것 아닌 것이 되었다. 할 만큼
했다, 아홉 명밖에 남지 않은 실종자 때문에 수색을 계속
하며 무한정 돈을 써야 하나, 그러다 잠수요원이 잘못되
면 누가 책임질 거냐. 상황은 바다 안에 남아 있는 아홉
명이 미안하고 죄송한 분위기로 점점 바뀌어갔다. 저녁이
되어도 선착장으로 돌아오는 수색작업선은 없었다. 이제

기다려야 할 무엇도 남아 있지 않은 선착장에서 그와 박은 주변의 눈치를 살펴야 했다. 사위와 시우처럼 송희도 아직 돌아오지 않은 아홉 명의 명단에 남아 있었다.

"기다려야죠."

실종자 가족들은 수색을 중단하고 선체를 인양하는 것에 동의했다. 물론 쩌우에게는 설명해주지도 동의를 구하지도 않았다.

"계실 곳은 있나요?"

"린의 친구 집에서 지내요."

단칸방에 사는 투이가 모시지 못하는 걸 미안해하며 데려다준 집이었다. 그들도 투이처럼 셋방살이를 했지만 방은 두 개였다.

"저희가 도와드리지 못해 미안해요. 시현이 직계가족이 아니라고 우리도 아무런 지원을 받지 못하고 있어요."

시현이도 돌봐주지 못하는 우리가 미안하지요. 이렇게 가끔이라도 만나게 해줘서 고맙고요.

시현이 심리치료를 위해 한 달에 한 번 병원에 오는 날이 그가 외손녀를 만나는 날이었다. 그는 시현의 모습에서 어린 시절의 린을 보았고, 시현은 로안의 모습에서 제 엄마를 보는 것 같았다. 만남은 길지 않았다. 오늘은 투이가 나와서 시현이가 한 달 동안 지낸 이야기를 제법 길게 들을 수 있었다. 그래도 이야기는 자주 끊기고 쉽게 이어지지 않았다. 투이가 오지 못하는 날에는 시현의 고모가 유치원으로부터 전송받은 시현의 사진을 같이 넘겨보는 것으로 이야기를 대신했다.

"지, 엄마 더 보여줘."

"엄마? 메."

로안은 엄마의 말을 잊는 것이 엄마를 잊는 일이 되는 것처럼 시현에게 '메'를 기억시키려 애썼다.

"메."

휴대폰 속의 엄마를 더 보기 위해 시현은 제 이모를 부르며 매달렸다.

지, 이모. 지, 지, 지……. 더는 베트남말을 가르쳐줄 사람이 없는 시현이 할 수 있는 말은 메와 지, 그리고 옹와 이뿐이었다. 지, 그 한마디에 로안의 얼굴에는 꽃이 피었다. 옹와이, 할아버지. 이 한마디의 힘으로 그는 한 달을 견뎠다. 시현이 엄마를 잊을까봐 두려운 로안은 같은 말을 반복했다. 메, 엄마를 잊지 않길 바라는 로안이 애처롭지만 그는 고모의 눈치를 살피지 않을 수 없었다.

"이모 너무 귀찮게 하지 말고 이리와."

고모는 여전히 로안에게 매달린 채 떨어지지 않는 시현이에게 아이패드를 꺼내 보였다.

"스타일 업, 옷 입히기 게임 해."

로안에게서 떨어지지 않던 시현이 눈을 반짝이며 고모에게 달려갔다. 아이패드 화면 속의 인형에게 날개옷을 입히고 꽃신을 신기는 데 몰두하는 시현을 바라보며 로안은 울상이 되었다. 그는 시현이 현란하게 터치하는 아이패드와 로안의 손에 들린 휴대폰을 번갈아 바라보았다. 아이패드와 휴대폰 사이의 거리가 한국과 베트남만큼 멀게 느껴졌다.

"공주님에게 왕관도 씌워줘야지."

알았어, 시현의 손이 입보다 더 빨리 움직였다. 고모의 말이 떨어지는 것과 거의 동시에 인형의 머리에 왕관을 올려놓았다. 표정이 더욱 굳어진 로안의 입술이 달싹이는 것을 그는 놓치지 않았다.

"우리 시현이가 게임을 아주 잘하는구나."

로안이 입을 떼기 전에 그가 먼저 입을 열었다. 로안이 그를 쏘아보았지만 그는 애써 모른 척 외면하며 게임에 몰두 중인 시현에게 박수를 보내며 응원을 했다. 로안은 고모가 아이패드를 끌 때까지 굳은 표정을 감추지 못했다.

"지, 안녕. 응와이, 안녕."

시현을 태운 고모의 차가 시야에서 사라진 다음에야 그는 로안을 쳐다보았다. 이번에는 로안이 그의 시선을 외면했다. 그라고 로안의 마음을 모를 리 없었다. 그는 로안의 어깨를 토닥이며 달랬다.

하지만 어쩌겠니. 중요한 건 우리가 아니고 시현이야. 시현이는 여기서 살아야 하고,

"시현이를 돌봐줄 사람은 우리가 아니야."

"누가 아니래!"

로안은 그의 손길을 피하며 발끈했다.

"우린 한 달에 겨우 한 시간을 만나. 이 한 시간을 기다리며 한 달을 살아. 이제 메, 하며 매달리던 시우도 없는데 시현이마저 언니를 잊으면 언니에게 뭐가 남아."

그의 귓전에 메와 지, 그리고 응와이가 맴돌았다. 다음 달에 만날 때 시현이 그 말을 잊어버릴까봐 두려운 건 로안만이 아니었다.

투이는 참았던 담배를 뽑아 물었다. 몇 달 사이에 담배가 더 는 것 같았다. 줄이라고 말하려다 참았다. 그녀가 내뿜는 담배연기는 이게 유일한 친구예요, 라고 말했다.

"투이야, 우리 그 집에서 나와야겠다."

"왜, 뭐래요?"

아니다. 그냥 맘이 좀 불편하구나. 어젯밤에도 린의 친구는 집주인과 싸웠다. 식당 일을 마치고 밤늦게 들어온 린의 친구에게 집주인은 초저녁에 그와 로안에게 했던 것처럼 화를 내며 언성을 높였다.

"아무리 없는 나라에서 와도 양심은 있어야지."

두 사람이 산다고 세든 집에 네 사람이 머물면 양심이 없는 것이 되는 줄 그는 몰랐다.

"역겨운 냄새까지 온 집 안에 풍기면 어쩌자는 거야. 엉?"

고향에 다녀온 사람들이 그들에게 선물로 준 향채와 젓갈을 넣고 까마우에서 즐기는 쌀국수 후띠우를 해 먹은 것이 잘못이었다. 맛이 진하고 깊은 후띠우를 끓이는 동안 그와 로안의 얼굴에는 오랜만에 미소가 피어올랐다. 음식이 사람을 위로할 수 있다는 사실을 이처럼 실감하기는 처음이었다. 후띠우 두 그릇을 앞에 놓은 부녀는 까마우의 향기가 줄어드는 것이 아까워 아껴가며 젓가락질을 했다.

쾅쾅 집주인이 문을 두드리고, 열린 문 앞에 서서 고함을 지른 것은 후띠우를 반도 채 먹지 않았을 때였다. 후띠우가 담긴 대접에서는 아직 김이 피어오르고 있었다.

"도대체 사람이 참을 수 있는 냄새를 풍겨야지. 아무나 집 안으로 끌어들이더니 못하는 짓이 없어."

"이 사람들 아무나 아니에요. 이 사람 로안은 내 친구 린의 동생이고, 이 사람 쩌우 아저씨는 내 친구 린의 아버지예요. 제발입니다. 오래 있지 않으니 이 사람들 앞에서 소리치지 마세요."

"왜, 보상금 타내면 좀 나눠주기라도 할 거 같아?"

그는 둘의 대화를 다 알아들을 수는 없었지만 린, 로안, 쩌우라는 이름처럼 보상금이란 단어는 알았다. 어제 닭공장에서도 들은 말이었다.

투이도, 이주민센터에서 가끔 오는 자원봉사자도 통역을 해주지 않았지만 그도 미루어 짐작할 수 있는 말들이 있었다. 어느새 한국에 온 지 한 해가 넘었다. 로안은 말을 잘하지는 못해도 절반쯤 알아듣게 되었다.

어젯밤, 로안은 더 이상 닭공장에 나가지 않겠다고 말했다. 그가 로안과 함께 일주일에 사흘 나가는 공장에는 한국과 베트남, 몽골, 파키스탄 사람들이 함께 일했다. 핏물이 덜 빠진 닭을 손질해서 포장하는 일이 내키지 않았지만 말도 제대로 하지 못하는 데다 매일 출근하지 못하는 그들을 받아주는 곳은 그곳뿐이었다. 도축한 닭의 생살을 만지다가, 죽은 린과 아직 바닷속에 있는 사위와 외손자가 떠올라 하루에도 몇 번씩 손을 놓곤 했다. 컨베이어 벨트를 타고 즐비하게 밀려오는 닭들이 끔찍해서 자주 소름이 돋았지만 그는 작은딸이 눈치채지 않게 표정을 감추었다.

"아빠, 나 이제 공장에 안 나갈래."

그래, 그래도 시우와 네 형부 찾을 때까지 기다리려면 어쩌겠니. 사람들을 따라다니는 차비와 약값은 벌어야 버틸 수 있었다.

"너도 도축한 닭의 생살을 만지는 게 쉽지 않지?"

"그것 때문이 아냐, 아빠."

그게 아니면 왜?

로안은 그가 짐작한 것보다 한국말을 훨씬 많이 알고 있었다. 알아들으면서도 모르는 척하며 그에게 전하지 않은 말을 딸은 비로소 털어놓았다.

"한국 사람들이 뭐라고 하는지 알아? 보상금을 얼마나 받아먹으려고 여기까지 와서 저러고 있냐고 해."

보상금이라는 단어가 어떻게 쓰이는지는 그도 대충 짐작했지만 차마 그렇게까지 쓰일 줄은 몰랐다.

"한국이 끔찍해."

그래도 그는 그만두자는 말을 하지 못했다. 얼굴도 모르는 남한테 차비를 신세 지는 비참함이 그런 말을 들으며 일하는 것보다 덜 끔찍하진 않다. 남이 아무리 나를 비참하게 만든다고 해도 나 스스로 비참해지는 것보다 끔찍하진 않다. 그게 적의 총구 앞에서 살아남은 이론 없는 전사가 세상을 견디면서 얻은 유일한 깨달음이었다. 이 낯선 땅에서 스스로 더 비참해지지 않으려면 일을 해야 하는 것이다.

　"난 여기가 너무 무서워."

　로안은 투이에게 지난밤 그에게 했던 말을 다시 했다.

　"사람이 아직도 바닷속에 갇혀 있는데…… 사람들이 돈 얘기를 해."

　투이는 로안을 물끄러미 바라보며 담배연기를 길게 뿜었다.

　"그게 한국이야."

　"우린 돈 바란 적 없어. 신세 지지 않으려고 닭공장에 나갔어. 닭 시체를 만지는 일이 얼마나 징그럽고 끔찍한지 투이 언니도 모를 거야."

　"난 안 해보고, 안 당해본 일이 있을 것 같으니……. 가난한 나라 사람들은 돈뿐이 모른다고 생각하지. 슬픔이나

자존심 같은 건 있을 리가 없는."

투이는 새 담배를 꺼내 이어 붙였다.

"돈이 인격이고, 돈이 없으면 사람이 되지 않는 세상. 돈 앞에서 아주 공정한 나라야."

"우린 여기서 사람이 될 길이 없구나……."

말끝을 흐리는 로안의 눈동자가 아득했다. 순간, 쩌우는 가슴이 덜컹했다. 린만 생각했을 뿐, 매일 같이 지내면서도 로안을 까맣게 잊고 있었다. 당찬 린과 달리 착하고 여리기만 한 로안이 견뎌야 했을 일 년의 시간, 등이 오싹했다. 그는 비로소 로안의 빛나던 눈빛을 기억했다. 지금, 로안의 눈빛에선 그 흔적조차 찾을 수 없었다.

"베트남에 가려면 어떻게 하니?"

"아까 시현이 고모에겐 기다리겠다고 했잖아요."

투이가 되물었고, 그는 로안에게 눈길을 돌렸다. 아니다, 여기는 우리가 있어야 할 곳이 아니다. 슬픔마저 차별당하는 나라에서 너마저 잃기 전에,

"돌아가자."

골판지를 두 손으로 받쳐든 박은 광화문 사거리에 서 있었다. 골판지에 쓰인 글씨는 두 주 전에 보았을 때와 다

르지 않았다.

'아직 그곳에 사람이 있습니다.'

다행이었다. 박에게 인사를 하지 못하고 떠날 줄 알았
다. 그동안 얼굴이 익숙해진 사람들에게 인사를 하려고
광화문으로 오면서도 그는 박을 만나리라고 기대하지 않
았다. 지난번 만났을 때 회사에 다시 나가기로 했다던 그
였다.

"나갔죠, 사흘."

박은 고개를 저으며 말을 이었다.

"못하겠더라고요. 티를 안 내려고 웃으면 사람들이 지
새끼 바닷속에 집어넣어 놓고 뭐가 좋다고 웃나, 그러는
것 같고. 무엇보다 한 시간에도 수십 번씩 이렇게 살아서
뭐하나, 싶고⋯⋯. 우리 부부는 송희, 걔 하나 보고 살아
왔는데, 우리의 전부가 사라져버렸는데⋯⋯ 예전처럼 살
아질 수도 있지 않을까, 했는데 되지 않더라구요."

박은 눈을 감으며 다시 고개를 흔들었다.

그는 박의 곁에 서서 교대를 할 다른 실종자 가족이 올
때까지 기다렸다. 그들 앞으로 사람들이 무심히 지나갔
다. 연민이 담긴 눈길을 보내는 사람도 있었지만 못마땅
한 눈빛을 던지는 사람도 있었다. 교대할 무렵에는 한 노

인이 다가와 들고 있던 지팡이를 바닥에 탕탕 내리치며 소리를 질렀다.

"바다에서 난 교통사고잖아. 그걸 가지고 왜 나라를 시끄럽게 만들어. 대한민국에서 교통사고 당한 사람들은 다 나라가 책임져야 돼, 엉!"

"어르신, 이건 우연히 일어난 사고가 아니고 돈만 벌어먹으려는 회사가 배를 불법으로 개축해서 평형수를 줄이고, 과적을 하고, 나라가 그걸 관리하지 않아서 벌어진 사건입니다. 배를 책임져야 할 선장과 승무원들이 자기들만 도망치고, 얼마든지 구할 수 있었던 승객들을 나라가 구하지 않아 304명의 국민이 희생된 사건이에요."

그는 노인의 언성만으로도 가슴이 쿵쾅거리는데 박은 차분했다. 심지어 얼굴에 미소까지 짓고 설명하는 박에게 노인은 더욱 화가 나는지 지팡이를 들고 내려칠 듯이 휘둘렀다.

"어쨌거나, 수억 원씩 준다는데도 더 받아먹으려는 거잖아."

"우린 돈 달라고 한 적 한 번도 없어요. 하나뿐인 내 딸이 지금 바닷속에 있어요. 저 앞에서 돈, 돈 하지 마세요. 돈에 환장한 놈들 때문에 우리 애가 지금 바닷속에 있다

구요. 걔네 반 애들만 스물한 명이 죽었다구요. 열일곱 살
짜리들이요."

박의 눈가에 물기가 번졌다.

"돈이 그렇게 좋으세요?"

손등으로 얼굴을 훔치고 난 박이 안주머니에 손을 집어
넣었다. 지갑에 든 지폐를 다 꺼내 노인에게 내밀었다.

"다 가지세요."

박은 주춤주춤 물러서는 노인에게 바지주머니에 든 동
전까지 꺼내 내밀었다.

"여기도 있어요."

그가 박을 데리고 간 곳은 쌀국수를 파는 베트남음식점
이었다.

"오늘은 제가 삽니다."

"제가 베트남에 가면 사주세요. 여긴 한국이니까 제가
삽니다."

박은 이런 말로 번번이 밥값을 내며 그를 덜 민망하게
만들었다.

"돈 다 줘버리고 없잖아요?"

웃으며 묻는 그에게 박은 지갑 속의 카드를 꺼내 보이
며 씩 웃었다. 그는 박이 대단하게 보였다. 어떻게 그런

사람 앞에서 참을 수 있었을까.

"세상에서 제일 불쌍한 사람이잖아요."

의아해하는 그와 로안의 반응을 보고 투이가 박에게 말의 뜻을 다시 물었다.

"세상에 우리같이 불쌍한 사람이 있어요? 그런데, 그런 우리를 질투하는 사람이니 그보다 더 불쌍한 사람이 세상에 또 어디 있겠어요. 그렇게 말하는 사람들은 우리가 몇억씩 보상금을 받게 될 거라고 정부에서 떠드니까, 그게 부러운 거예요. 난 수백, 수천억을 준다고 해도 우리 애랑 바꿀 수 없는데 그 사람들은 애 잃고 타게 될 보상금이 질투가 나는 거예요. 생각해보세요. 그 사람들이 얼마나 불쌍하고도 무서운 사람들인지요. 자식 죽고 자기가 보상금 받았으면 좋아했을 사람이잖아요. 난 우리 송희만 살려준다면 단 일 초도 망설이지 않고 죽을 수 있어요."

박은 식탁에 놓인 젓가락을 매만졌다.

"베트남 사람들도 젓가락 쓰는군요. 젓가락을 보면 송희에게 젓가락질을 가르쳤던 여섯 살 때가 기억나요. 아빠 이거 먹어봐, 하고 제 밥그릇에 든 콩을 집어주던 얄미운 열한 살도 생각나구요. 함께 짜장면을 배달시켜 입가에 잔뜩 묻히며 먹었던 열여섯 살도 생각나요. 다른 것도

다 그래요. 자전거를 보면 뒤에서 잡아주던 내 손을 떠나 송희 혼자서 달려가던 순간이 떠올라요. 그 순간의 신기함이 지금도 이 손바닥에 남아 있어요."

박은 자신의 손바닥을 폈다 오므려 쥐며 자전거를 잡았던 감각을 떠올렸다.

"아저씨는 안 그래요?"

어떻게 이토록 손바닥에 남은 감각의 기억마저 같을 수 있을까. 하긴 자신의 손을 떠난 자전거가 뒤뚱뒤뚱거리면서 넘어지지 않고 앞으로 나아가던 그 순간을 어떤 아버지가 잊을 수 있으랴. 그의 눈앞으로 자전거를 타고 하얀 아오자이 자락을 흩날리며 학교에서 돌아오던 린의 열일곱 살이 어른거렸다.

"따님의 유골은 가지고 가실 거예요?"

그는 고개를 저었다. 그게 언제든 사위와 손자가 올라오면 함께 장례식을 치러야죠. 그리고 뿌리든 묻든 한국에 남겨야죠. 시현이의 엄마고, 시현이가 살아갈 땅이 여기니까요.

박과 투이를 먼저 보낸 그는 로안과 남아 휴대폰 반납 절차를 밟았다. 로안이 사용해온 임대 휴대폰은 이 베트남식당의 주인을 통해 구한 것이었다.

"아빠, 이제 휴대폰 반납 절차 다 끝났는데 마지막으로 통화할 데 없어요?"

그는 대답 대신 두 손바닥을 펼쳐 보였다.

"아직 돈 좀 남았으니까 마지막으로 엄마하고 통화하세요."

로안이 번호를 누른 다음 전화기를 그에게 건넸다.

알로, 여보세요. 분명히 통화연결음이 들렸는데 대답이 없었다. 알로, 알로? 그의 귓가에 얼핏 흐느낌 소리가 들렸다. 그는 전화기를 귀에 댄 채 조용한 화장실 입구로 갔다. 알로?

"네. 저예요."

전화를 받은 건 아내가 아니라 나가 사는 아들이었다.

"왜 엄마가 안 받고 네가 받아?"

"어머니 지금 전화 못 받아요. 아무것도 먹지 않고 누웠어요."

왜,

"어제 동네 모임에 갔다가 어머니가 듣지 말았어야 할 말들을 들었어요."

무슨 소리냐, 지독한 단어 몇 개가 그의 머릿속에 불쑥불쑥 튀어올랐다. 지난주 통화를 할 때까지도 잘 지낸다며 그쪽 걱정은 하지 말라고 했던 아내였다. 대답을 않는 아들에게 그는 짧게 말했다.

"전화 곧 끊어진다."

"사람들이 심했어요. 돈 보내주는 기계가 고장나서 어떻게 하느냐는 말까지 들었대요."

어쩌다 사람들이 이렇게 끔찍해졌을까. 평형수를 빼버린 배처럼 그의 마음은 균형을 잃고 휘청거렸다. 딸을 데리고 돌아가려고 했던 고향이 순식간에 그의 시야에서 사라져버렸다. 무너져내리는 그의 가슴은 바다보다 더 깊게 가라앉았다. 그는 서울의 한복판에서 길을 잃었다. 어디에서도 사람이 될 길이 없는 세월이 십 차선 도로를 메운 자동차의 불빛과 함께 흘러갔다.

세월 : 베트남 최북단에서 한국 최 남단까지의 여정

응웬 티 히엔(반랑대학교)[*]

1. 방현석, 베트남을 이해하고 사랑하는 작가

1994년 방현석을 비롯한 몇몇 한국 작가들이 '베트남을 이해하려는 젊은 작가들의 모임'을 결성했다. 방현석은 베트남을 소재로 많은 작품을 썼다. 「존재의 형식」, 「랍스터를 먹는 시간」, 「사파에서」, 「세월」 등의 작품이 대표적이다. 1961년생인 작가 방현석은 『세월』 단편집 서문에서 '서른 네 살에 처음 발급받은 내 여권에 붙인

---

[*] 응웬 티 히엔 박사는 히엔 응웬 번역가다. 호치민인문사회대학 교수를 거쳐 현재, 반랑대학교 한국언어문화학과 학과장을 맡고 있으며, 호치민시 작가회 산하 번역문학회 회장을 맡고 있다.

첫 비자가 '베트남'이었다.'고 밝혔다.

한국문학 연구자이자 번역가인 나는 일찍부터 방현석의 작품을 접했다. 아직 서울대학교 박사과정 재학 중이던 2010년, "한국-베트남-영문학에서의 베트남전쟁 관련 소설 비교"(비교문학 한국국제심포지엄, 2010)을 주제로 소논문을 집필하면서, 베트남을 언급한 방현석의 작품을 처음 읽기 시작했다. 위에 언급한 4개의 작품 중 「존재의 형식」과 「랍스터를 먹는 시간」은 2004년 번역가 하 민 탄이 번역 소개했다. 그리고 18년이 지나 내가 인연이 닿아 방현석의 새 작품 「사파에서」, 「세월」을 베트남 독자들에게 소개했다. 한국과 베트남의 외교관계 수립 30주년을 맞아 단편집 『세월』을 출간하게 된 것을 정말 기쁘게 생각한다.

베트남은 꽤 오래전부터 한국의 자료에, 조선 사신의 역사적 기록에, 중세 한국 학자들의 문헌에 등장했다. 베트남은 한국의 현대문학, 전쟁문학, 전후문학 등 한국문학에도 자주 등장한다. 그러나 한국문학 속의 베트남 이미지는 주로 일면적이거나, 등장인물의 회상을 통해 나타난다. 베트남에 대해 쓴 대부분의 한국 현대 문학 작품은 주로 전쟁 주제를 맴돌거나, 아니면 그저 일반적인 언급만 할 뿐이다. 그러나 방현석 소설가의 작품에서는 언제나 베트남이 주요 배경이고, 최근 두 작품의 공간적 배경은 베트남 최북단에서 최남단까지, 한국에서 베트남까지, 베트남에서 한국까지 폭넓게 펼쳐져 있다. 그리고 방현석 작가의 이야기를 통해 베트남의 '인간'이 처음으로 한국 문학 작품의 주인공으로 그려졌다.

방현석 작가의 작품을 통해 처음으로 베트남이 이야기의 주요 배경이 되었고, 처음으로 베트남의 배경이 한국의 배경과 동등하게 등장했다. 그리고 아마도 한국 독자들은 처음으로 베트남에서 거의 언급되지 않았던 지역을 방현석 작가의 작품을 통해 여행하게 될 것이다.

2. 울산의 들판에서 베트남 서북부의 산으로

「사파에서」는 제목부터 매력적이다. 하노이나 호치민에 비하면 사파라는 지명은 한국인들에게 조금 낯설 수도 있다. 그런데 최근 탐험을 즐기는 한국 여행객들이 사파를 찾기 시작했다. 사파는 소수민족의 '사랑시장'으로 유명하다. 베트남 사람들도 서울과 부산은 잘 알지만 울산에 대해 아는 사람은 많지 않은 것과 마찬가지다. 울산은 한국의 동남부 지역에 위치해있으며, 조선업과 자동차 산업으로 유명한 도시다.

　단편 소설「사파에서」속에서 독자들은 이상한 만남을 많이 보게 될 것이다. 남자는 울산 동천 시골 들판을 떠나 하노이에 왔고, 한 때 그의 그림 속 주인공이었던 여성은 사파 여행을 함께 하기 위해 그를 찾아왔다. 프랑스의 두 젊은 연인은 1년에 한 번 사파에서 만나기 위해 지구 반 바퀴를 날아왔다. 소수민족 부부는 자신의 사랑을 찾기 위해 매년 사랑시장에 온다. 방현석 작가는 작품 속에서 "사파는 공간이 아니라 시간이고, 아름다운 풍경이 아니라 간절한 이야기의 연대기"라고 아주 섬세하게 말한다.

　「사파에서」는 전체 이야기가 슬픈 음색의 그림, 음악, 시와 같아 매력적이다. 방현석 작가는 등장인물들의 이야기 속에 흐몽족 악사가 들려준 이야기를 엮었다. 서북쪽 숲 속에 어둠 깊이 감춰져 있는 '진짜' 사랑시장 가는 길에서 악사가 이야기를 들려주었다. "해마다 사랑시장이 열리는 날이면, 이 부부는 이른 아침에 함께 손을 잡고 집을 나섰습니다. 마을을 벗어나면 몸이 약한 아내를 소의 등에 태우고, 남편은 고삐를 잡은 채 앞장서 걸어갔지요… 사랑시장에 도착하면 그들 부부도 다른 사람들처럼 서로의 사랑을 찾아 헤어졌지요… 밤이 가면 시장도 끝이 나지요. 해가 뜨면 그들도 다시 만나지요. 이번에는 술이 덜 깬 남편을 소의 등에 태우고, 아내가 고삐를 끌고 휘적휘적 왔던 길을 되짚어 집으로 돌아가는 거지요."

흐몽족 부부 이야기의 몇 가지 결점은 개성이 부족한 인물 산수화같다는 점이다. 부부의 삶을 담기에는 너무 넓은 공백. 흐몽족 남편은 사랑시장에서 자신의 사랑을 찾았을까? 과거에서 도피한 한국남자는 사랑시장에서 자신의 사랑을 찾았을까? 아마도 사파 마을, 가게 여주인의 노랫말처럼 그리움만이 그 공백을 채우고 있을지도 모른다. "멀지 않아라, 내 사랑의 노래가 건너지 못할 계곡 없어라… 멀지 않아라. 내 그리움의 노래가 넘지 못할 산은 없어라… 내 사랑이 오는 시장은 밤이 깊어서야 열리지요. 그대 여기 내 술 한 잔 받아요."

3. 까마우 바다에서 진도 바다까지

「세월」이야기는 베트남의 까마우 해안 풍경에서 시작하여 한국의 서울 한복판에서 끝이 난다. 한베 국제결혼은 힘들게 시작했지만 행복했고, 결국 세월호 참사로 끝이 났다. 베트남인 아버지는 사위의 가족을 찾기 위해 한국으로 건너왔고, 한국인 아버지는 어린 딸이 바다에서 돌아오기만을 기다리며 그 고통을 함께 나누었다.

이야기 속에서 독자들은 베트남의 까마우 바다에서 한국의 진도 바다까지 항해를 한다. 여정은 쩌우의 까마우 어선과 함께 하고, 과거로 돌아가 해방전선에 보급품을 수송하는 3호 공작선과 함께 하고, 현재로 돌아와 제주로 향하던 세월호가 침몰하는 모습과 함께 한다. 역시나 바다, 역시나 배지만 그들의 운명과 배 위에 탄 사람들의 운명은 완전히 달랐다.

까마우는 베트남 최남단에 위치한 해안지역이다. 제주도는 한국의 남쪽에 위치한 섬이다. 까마우는 과거에 미국과의 항전 속 영웅의 땅이었고 현재는 '외국 신랑과 결혼하는 신부'가 많은 지역이다.[**] 최근 베트남 관광객들에게 제주는 관광지로 유명하지만 뉴스에 관심이 있는 사람들은 아마도 2014년 4월 16일 인천에서 제주로 항해하던 세월호가 침몰했던 사건을 기억할 것이다. 그 배에는 한베 다문화 가족이 타고 있었다.

[**] 호치민시 전자정부 포털 사이트에 따르면 2008년부터 2018년까지 7만명의 메콩강 여성이 외국인과 결혼했다.

'세월호' 기사를 한국어로 처음 읽었을 때 나는 많이 울었다. 그리고 지금도 이 글을 쓰기 위해 기사를 다시 읽었을 때 똑같은 감정이 들었고, 여전히 마음이 울컥한다.

한국의 사위가 쩌우에게 보낸 편지에는 다음과 같은 대목이 있다. "제주도는 여전히 베트남에서 멀긴 하지만 까마우처럼 바다가 보이고, 한국에서 가장 따뜻한 남쪽입니다. 먼 나중에 아내와 아이들만 남게 되더라도 여기서라면 잘 살 수 있을 것 같아서 이사를 하기로 했습니다." 그러나 불행하게도 그들을 그 행복한 땅으로 데려다주던 배는 결코 정박할 수 없었다.

그리고 베트남인 아버지와 한국인 아버지가 한국 해안가에서 나란히 앉아 자신의 자식이 깊은 바다에서 돌아오기를 기다리는 장면은 내 가슴을 저리게 했다. "살아서가 아니라 덜 아프게 돌아오는 것이 유일한 희망이 되었다. 117, 131, 138, 147 … 번호가 늘어갈수록 체육관은 비어갔다. … 159번으로 올라온 린은 축하를 받았다. 세상에서 가장 기막힌 축하였다. … 비참한 부러움과 끔찍한 기다림이 교차하는 박의 눈동자는 바다처럼 흔들렸다. 열일곱 살 딸을 기다리는 남자는 두터운 손등으로 눈가를 훔쳤다."

'비참한 부러움'과 '세상에서 가장 기막힌 축하'는 이야기 속 두 아버지처럼 매일 해변에 앉아 자신의 아이를 기다리는 사람들만이 진실로 그 마음을 나눌 수 있고, 공감할 수 있다. 그 공감은 언어와 문화적 장벽을 초월한다.

4. 전설에서 연가로

방현석 작가의 작품에서 흥미로운 점은 베트남의 문화 콘텐츠를 상당히 많이 인용한다는 점이다. 그것은 작가가 베트남에 대해 진지하게 탐구하는 사람임을 증명한다. 「세월」을 번역하면서 미 쩌우와 쫑 투이 전설을 접했을 때 매우 놀랐고 기뻤다. 작가는 미 쩌우의 '심장이 잘못하여 머리 위에 놓이니'와 같은 사랑 이야기를 능숙하게 베트남 전쟁 이야기와 엮고, '해안경찰' 출신의 한국남자와 베트남 여자의 결혼 이야기로 이끈다. 비극적 결말로 끝난 미 쩌우 전설은 린이 달콤한 열매를 맺을 사이도 없이 끝나버리는 '다문화가족'의 연가를 예고한 것일까?

「사파에서」 작품에서 방현석 작가는 '처용'(용신으로 역신에게 몸을 빼앗긴 아름다운 아내가 있다)의 전설을 부부의 연을 맺지 못한 비극적 사랑의 '사랑시장' 전설과 엮는다.

북서부 지역 소수민족의 노래 '고백'은 사파를 찾아오는 전세계 모든 사람들의 영혼의 공백을 채워주는 듯하다.

> 닭은 아침을 기다려서야 목청껏 울고
> 개울은 달이 뜨기를 기다려서야 졸졸 소리 내어 흐르고
> 저는 밤 시장이 오기를 기다려서야 사랑을 얘기하지요
>
> 온 마음을 다해 그대를 사랑해요
> 목청껏 그대를 그리워해요
> 이 삶이 다하도록 그대를 사랑해요
>
> 돌 위에 꽃이 필 때까지
> 돌뿌리에 싹이 틀 때까지
> 전 기다리고 또 기다려요

전설, 그림, 음악, 풍경과 베트남 사람들은 이렇게 소설가 방현석의 창작 소재가 되었다. 그리고 그의 이야기는 독자들에게 차례차례 전설이 되고, 많은 영감을 주는 연가가 되었다.

나는 「세월」을 읽으면서 조금도 의심하지 않았다.

위급한 순간, 사람들은 어떻게 우는가

바오 닌(소설가)[*]

위급한 순간, 절망에 빠졌을 때 베트남 사람들, 남자, 여자, 어린이들이 어떻게 울부짖는 지 나는 알고 있다. 나는 여러 번 들었다. 그렇다면 한국 사람들, 어린이, 남자, 여자들은 어떨까? 『세월』을 읽고 나자마자 문득 그런 생각이 들었다. 마지막 장을 읽었을 때 고통과 애처러움이 멈춰지지 않았다.

---

* 1952년 1월 18일 응에안에서 태어났다. 본명은 호앙 어우 프엉이다. 1969년부터 1975년까지 전쟁에 참여했다. 1987년에 첫 작품 『일곱 난장이 캠프』를 출간했다. 1991년에 『전쟁의 슬픔』으로 베트남 작가회 최고작품상을 받았다. 『전쟁의 슬픔』은 한국을 비롯한 전세계 18개국에 번역 소개되었다.
『전쟁의 슬픔』으로 1995년 영국 『인디펜던트』 번역문학상, 1997년 덴마크 ALOA 외국문학상, 2011년 일본 『일본경제신문』 아시아문학상, 2016년 심훈 문학상, 2018년 광주 아시아문학페스티벌 아시아문학상을 수상했다.

아주 오랫동안 문학작품, 특히 산문, 단편, 중편, 장편소설을 읽은 후 감동을 크게 받은 적이 별로 없다. 정말 오랜만에 「세월」은 내 마음을 끝없이 흔들어놓은 작품이다.

세심하고, 진실하고, 열정이 넘치는

응웬 옥 뜨(소설가)*

　나는『세월』을 읽으면서 조금도 의심하지 않았다. 한국
작가가 우리나라를 어떻게 보고 있는지를, 사파, 하노이,
까마우를 각 장마다 정말 생동감있게 제대로 그려낼지를.
방현석 작품에 등장하는 베트남은 마치 우리 내부의 시선
같아 보인다. 그의 글은 뜨거운 열대의 건기, 우기, 햇빛
과 빗줄기를 온몸으로 받으며 각 장마다 베트남과 호흡을
함께 하는 듯하다. 마치 베트남 사람이 글을 쓴 듯하다.
나는 방현석이 베트남 전역을 다 다녀본 걸 알고 있다. 그

---

*　1976년 베트남 까마우에서 태어났다. 2000년『꺼지지 않는 램프』를 발표하
며 작품활동을 시작했다. 베트남작가협회상, 아세안문학상, 리베라투라상 등을 수
상했다. 한국에 번역 출판된『미에우 나루터』를 비롯한『섬』『아무도 강을 건너지
않는다』『구름 수정』등의 소설집과 장편소설『강』『물의 연대기』등을 펴냈다.

는 논밭과 산골벽촌까지 다 다녔다. 나는 이 덩치 큰 작가가 어디든 상관없이 편안히 앉고, 진창길에서 세옴을 꽉 끌어안고서 자기작품 속 인물의 원형을 찾아다니는 걸 직접 본 적이 있다. 그는 열대의 빗줄기를 맞으며 목욕을 하고 싶어하고, 고통에 처한 이의 눈물을 직접 만져보고자 한다. 나는 그가 한 말을 기억하고 있기에 또한 믿는다. "만약 내 고향만큼 무조건 사랑할 수 있는 나라를 고를 수 있다면, 그것은 바로 베트남이다." 내게는 이 책의 글자 하나하나가 믿음이 간다. 작가가 세심하고, 진실하고, 열정이 넘치고, 측은지심이 가득하기 때문이다.